KB123661

예지몽으로 히든랭커 12

2021년 11월 11일 초판 1쇄 인쇄
2021년 11월 16일 초판 1쇄 발행

지은이 이현비
발행인 김정수 강준규

기획 이기헌 왕소현 박경무 강민구
책임편집 백승미
마케팅지원 배진경 임혜솔 송지유 이영선

발행처 (주)로크미디어
출판등록 2003년 3월 24일
주소 서울시 마포구 성암로 330 DMC첨단산업센터 318호
Tel (02)3273-5135 **편집** 070-7863-8595 **Fax** (02)3273-5134
홈페이지 rokmedia.com **E-mail** rokmedia@empas.com

ⓒ 이현비, 2021

값 8,000원

ISBN 979-11-354-6412-6 (12권)
ISBN 979-11-354-9382-9 04810 (세트)

예지몽으로
히든랭커

이현비 게임 판타지 장편소설 12

CONTENTS

정보 던전

다음 날 아침, 여관으로 익숙한 얼굴의 행정관이 방문했다.

바로 헤튼이었다. 그는 오우거 던전의 관리를 맡고 있었는데 여긴 웬일인지 모르겠다.

"온 대장!"

"행정관님, 여기는 어쩐 일이십니까?"

마침 온 클랜은 새벽 수련을 마친 후 아침 식사를 하던 중이었다.

가온은 어색하게 웃고만 있는 헤튼이 자신을 만나러 왔다는 사실을 확신하고 그를 적당한 곳으로 안내했다.

"식사를 방해해서 미안한데 알려 줄 것이 있어서 출근하면서 들렀소."

"아닙니다. 무슨 일입니까?"

"내무부 대신과의 면담이 취소되었소. 바로 정보 던전을 들어갈 사람을 괜히 붙잡은 꼴이 되고 말았소. 내가 대신 사과하리다."

앙헬에게 시아킨 후작의 처리를 맡겼는데 최소한 업무를 볼 수 없을 정도로 정혈을 흡수당한 모양이다.

"아닙니다."

"대신 상급을 만족할 수준으로 챙겼으니 너무 마음에 두지 말았으면 좋겠소."

그러면서 주머니 하나를 내밀었는데 굉장히 크고 묵직했다.

"이건?"

"원래 국가에서 관리하는 던전을 클리어하면 주는 보상이오. 온 클랜이 클리어한 던전은 자칫 엄청난 피해를 줄 수 있는 위험한 곳이기 때문에 걸려 있던 보상이 좀 컸는데, 미안한 마음에 내가 좀 더 챙겼소."

던전 클리어에 따른 국가의 보상이라니. 한 번도 들어보지 못한 말이다.

"감사하지만 정보 던전의 입장권을 확보한 것만으로도 충분히 만족합니다. 이건 행정관님께서……."

이런 소리는 들은 적이 없으니 아마 던전을 담당하는 부처의 행정관들이 암암리에 챙겼거나 던전을 클리어한 세력이 관리들에게 뇌물로 주었을 가능성이 높았다.

"온 대장의 마음은 고맙지만 아니 될 말이오. 온 대장도 관행 때문에 이러는 건 알지만 오우거 던전이 예사 던전이 아니질 않소. 던전 브레이크가 일어났더라면 죽었을 날 구한 것이나 다름없는데, 이것까지 받으면 너무 염치가 없지. 게다가 나크 훈 남작은 나와도 아예 인연이 없는 사이도 아니니 받아 두시오."

그러니까 국가에서 관리하는 던전을 클리어하면 원래는 보상이 있는데 관행적으로 내무부 소속의 행정관들이 챙겨 왔다는 말이다.

'이곳도 썩었군.'

내심 씁쓸했지만 한 번 더 양보를 했다.

"정말 아니오. 어차피 받아 봐야 대부분은 이런 잘못된 관행을 정착시킨 시아킨 후작께 가는데, 지금은 받을 사람도 없소."

"네? 그게 무슨?"

이런 관행을 만들었다니 시아킨이 얼마나 썩은 인물인지 제대로 알 수 있었다.

"어제 자다가 벼락을 맞았소. 루께서 아직 세상을 굽어보고 계시다는 증거지요."

"그게 무슨 말씀인지?"

"후작 각하가 어제 급살을 맞았단 말이오. 자다가 심장이 멈추었다고 하오. 젊을 때, 아니 어릴 때부터 그렇게 방탕하게 살더니 계집질을 못하게 되니까 대신 권력과 돈 그리고 먹을 것을 그렇게 밝히더니 결국은 낮잠을 자다가 심장마비로 사망하고 말았소. 아! 이 얘기는 아직 비밀이오."

역시 앙헬이 시아킨을 제대로 처리했다.

자신을 위해서도, 아그레시아 왕국을 위해서라도 잘 죽었다.

"어차피 약속도 취소되었으니 오늘 던전으로 출발할 생각입니다."

"그렇군. 아무튼 온 대장 덕분에 왕국의 화근거리가 하나 사라져서 참으로 고맙게 생각하오."

"참! 던전은 다시 생성되었습니까?"

"생성되는 기미가 보인다고 하니 곧 나타나겠지. 그래도 던전의 등급이 낮아진다고 했으니 큰 걱정은 덜었소."

"그렇군요. 직접 이렇게 찾아와 주셔서 감사합니다."

"무슨 소리를, 온 대장과 온 클랜의 전력이라면 점보 던전을 클리어하는 데 큰 힘이 될 텐데, 당연히 내무부에서 챙겨야지. 그런데 토벌군이 셋으로 분리되어 던전을 클리어하는 것은 알고 있소?"

헤튼도 던전의 상황에 대해서 대충은 알고 있는 것 같았다.

"정보 길드를 통해서 대강은 들었습니다."

"그럼 1왕자 측에 합류하시오. 온 대장의 스승이 그쪽에 있으니 말이오."

그것까지는 몰랐는데 이렇게 알게 되어 정말 다행이다.

"알려 주셔서 감사합니다."

"목숨의 구함을 받았으니 이 정도는 당연히 해야지. 아무튼 사이킨 후작이 급사하는 바람에 왕실의 권력 구도도 제자리로 돌아올 것 같아서 다행이오."

헤튼은 3왕자파가 득세하고 있는 현재의 정국이 마음에 안 드는 모양이다.

"참! 온 대장도 이미 알고 있겠지만 던전에 한번 들어가면 최소한 몇 달은 나오지 못할 것이니 물품을 충분히 준비해야 할 것이오."

"어느 정도 준비는 됐습니다."

"잘했소. 모레 블랙펄 상단에서 보급을 위해 점보 던전으로 출발한다고 들었는데, 같이 가는 것이 어떻겠소?"

블랙펄 상단이 언급되자 가온의 눈이 꿈틀했다.

"왕실 직영 상단이 아니라 블랙펄 상단이 말입니까?"

탄 대륙의 국가들은 대부분 왕실 직영 상단을 운영하고 있다. 그리고 그 상단들은 소금이나 광물 혹은 해당 국가의 특산품과 같은 전략물자들을 취급한다.

"왕실 직영 상단을 밀어내고 소금 판매권을 획득한 블랙펄 상단이 점보 던전의 보급 담당 상단으로 선정이 되었소. 뭐, 던전과 관계된 일이라서 정확하게는 3왕자파에 속하는 내무 대신이 관여한 탓이지만……."

같은 내무부 소속이지만 헤튼은 확실히 시아킨 측을 싫어하고 있었다. 그래서 후작과 짝짜꿍이 된 블랙펄 상단까지 싫어하는 것 같았다.

"아닙니다. 며칠 지체했으니 오늘 오후에 출발하겠습니다."

블랙펄 상단과 동행하는 것도 나쁘지는 않지만 마음이 급했다.

"생각해 보니 그렇게 하는 것이 나을 것도 같소. 하긴 그자들이 오크라강의 영웅으로 널리 알려진 온 대장을 가만히 놔둘 리가 없지. 막대한 자금력으로 실력이 뛰어난 기사들까지 무작위로 끌어들이는 작자들이라서 굉장히 귀찮을 것이오."

"이해해 주셔서 감사합니다."

"부디 점보 던전을 클리어하는 데 큰 힘을 보태 주시오. 그럼 나는 이만 가 보겠소."

"오우거 던전으로 가십니까?"

"아니오. 어제 대신이 급사하신 후 내게 알카스 소산맥 쪽의 업무가 이관되었소."

2급 행정관이라고 들었는데 후작 대신 그쪽에서 진행되는 토벌 업무를 맡은 것을 보면 상당한 능력자인 모양이다.

"그런데 아무래도 인원이 부족할 것 같아서 새로 영입한 대원들이 있는데 함께 던전에 들어갈 수 있겠습니까?"

"유명한 사람들이오?"

"그렇다고 할 수 있습니다. 정보 길드에서 전대장을 역임했던 이들이니까요."

"음, 그 정도면 도움이 되겠소. 온 클랜의 역량은 내가 직접 확인했으니 몇 명 정도 추가하는 것은 어렵지 않소. 내 집무실에 도착하면 바로 직인이 찍힌 빈 허가서를 보내 줄 테니 온 경이 채워 넣으시오."

그동안 확인한 바로는 필시 불가능할 거라고 생각했던 일이 이렇게 쉽게 풀리니 맥이 풀릴 정도였다.

사실 가온은 던전 근처에 네 사람을 따로 숨겨 두고 일단 들어갔다가 나와서 녹스의 은신 능력을 이용해서 던전에 몰래 들어갈 생각이었다.

"정말 감사합니다."

"아니오. 온 클랜은 비록 수는 적지만 오우거 던전을 클리어할 정도로 높은 역량을 가지고 있으니 현재 지지부진한 던전 공략에 큰 도움이 될 거라고 믿소."

가온은 새삼 시아킨 후작을 잘 처리했다고 생각했다. 이런 인물이 던전 관리를 맡는 게 나았다.

"반드시 던전을 클리어하는 데 힘을 보태겠습니다!"

"꼭 그래 주시오. 토벌군의 피해도 피해지만 왕국 전력 태반이 던전에 머물러 있어서 여러 가지 문제가 발생하는 위태로운 상황이라오. 내 온 경만 믿소."

헤튼은 그렇게 부탁을 하고 서둘러 출근을 했다.

가온은 대원들을 소집해서 저간의 사정을 말해 주려고 하다가 문득 든 생각에 오랫동안 아공간에 처박아 두었던 통신기를 꺼내 들었다.

볼코트 스승에게 통신을 하려는 것이다.

'정보 던전에 들어가면 한동안 못 나올 가능성이 크니까.'

그동안은 통신을 한다 한다 해 놓고 못 했었다. 무엇보다 볼코트가 벽을 깨기 위해서 정진하고 있을 거라는 사실에 방해가 될까 봐 하지 못했다.

"스승님!"

─온이구나!

다행히 볼코트는 바로 통신을 받았다.

"늦게 연락을 드려서 죄송합니다. 스승님께 방해가 될까 두려워 연락을 못 드렸습니다."

─허허허. 나도 그러려니 했다.

다행히 볼코트의 목소리에는 가온의 무관심을 탓하거나 서운해하는 감정은 느껴지지 않았다.

─그나저나 활약이 대단하더구나.

"어떻게 제 소문을 들으셨습니까?"

―네 사형들이 생필품을 구하러 나갔다가 네 소식을 알아 왔더구나.

던전이 생각보다 깊은 산속에 있는 건 아닌 모양이다.

"그랬군요. 스승님도 그렇지만 사형들도 뵙고 싶네요. 한 번 건너갈까요?"

단 한 번 쓸 수 있기는 하지만 텔레포트 마법 스크롤이 있었다.

―아니다. 얼마 전에야 겨우 던전을 완성한 참이고, 다행히 준비가 어느 정도 되어서 이제 곧 모두 수련에 들어갈 생각이다.

생각보다 던전을 완성하는 데 시간이 많이 걸린 모양이다. 이럴 줄 알았으면 진작 찾아뵐 것을 그랬다.

볼코트는 자신과 두 제자의 현황을 비교적 상세하게 얘기를 하더니 가온의 근황을 물었다.

"……그렇게 되어 곧 점보 던전에 들어가려고 합니다."

―점보 던전이라면 나도 좀 알지. 조금만 은퇴가 늦었으면 나 역시 그 던전에 들어갔을 것이다. 마탑들이 실력은 있지만 만만한 마법사들을 그런 위험한 곳으로 보내거든.

"그랬군요."

―혹시 마법사의 도움이 필요하면 내 지인들을 찾아봐라. 아마 두셋은 그곳에 들어갔을 것 같구나. 그들은 나와 비슷한 사고를 가지고 있어서 마탑에서 홀대를 당하기는 하지만 실력은 무척 뛰어난 이들이다.

그러면서 네 명의 마법사를 알려 주었다.

"자금은 충분하십니까?"

—자금이야 항상 부족하지. 하지만 지금은 돈이 들어가는 연구를 할 것이 아니니 괜찮다. 네게는 항상 고마워하고 있다.

"아닙니다. 연구 자금이 필요하면 꼭 연락 주세요."

—크흠. 알았다. 기꺼이 도움을 받으마. 그런데 그동안 마법을 공부하며 어려웠던 점이 있느냐?

가온은 바로 아니라고 대답을 하려다가 벼리에게 생각이 미쳤다.

'벼리야, 스승님께 마법에 대해서 물어볼 게 있니?'

—네, 있어요. 먼저 주문을 줄이더라도 영창 시간이 짧아질 경우에 대해서 여쭙고 싶어요.

가온은 벼리가 보내는 의념의 내용을 볼코트에게 전했다.

—허허허. 네가 검을 먼저 익혔기 때문에 마법 경지는 한참 낮을 것으로 생각했는데 뜻밖이구나. 대답을 해 주마. 마법은 효율이다. 기사에 비해 마법사의 전력이 낮다고 알려진 것은 특히 공격 마법의 주문을 영창하는 데 걸리는 시간 때문이지. 네가 말한 대로 주문을 3할을 줄여서 위력이 2할 감소한다면 그것이 더 좋은 마법이다. 그리고…….

볼코트는 가온이 이 정도의 질문을 할 줄은 몰랐는지 크게 놀라면서도 기쁜 마음으로 대답을 해 주었다.

가온은 이해하기에 난해한 질문과 대답이었지만 벼리는 크게 만족했다.

그렇게 벼리의 질문이 모두 끝나자 가온은 점보 던전에서 나오는 대로 던전으로 찾아가겠다고 약속을 하고 통신을 끝냈다.

⟨⟩

대원들은 느닷없는 출발 소식에 당황했지만 내심 빨리 점보 던전에 들어가고 싶었는지 신이 나서 출발 준비를 했다.

방으로 돌아온 가온도 짐을 챙겼다.

그러다가 문득 생각이 나서 헤튼 행정관에서 받은 주머니를 살펴봤는데 놀랍게도 그 안에는 300개의 골덴이 들어 있었다.

'허어! 3만 골드라고.'

처음에는 무게로 보아 골드화일 것으로 생각했었다.

'완전히 도둑놈이잖아!'

그동안 시아킨 후작이 그동안 얼마나 많은 돈을 챙겨 왔는지 짐작할 수가 있었다. 가온은 콜 일행이 던전 공략을 신청할 때 급행료까지 지불했다는 사실조차도 알지 못했다.

아무튼 생각지도 못했던 공돈이 들어와서 기분은 좋았다. 10만 골드가 빠져나간 직후였기에 더욱 기뻤다.

'가만!'

암중에서 세상을 어지럽히는 블랙펄 상단이 이틀 후에 보급품을 던전으로 옮긴다는 사실이 떠올랐다.

'퀘스트를 완수할 수는 없지만 흑화회를 엿 먹일 수는 있을 것 같네.'

던전 안에서 처리를 하면 여러 문제가 생길 수 있지만 수도에서 던전 사이에서 처리를 하면 블랙펄 상단은 다시 보급품을 마련해야만 한다.

토벌군의 규모에 대해서는 잘 모르겠지만 꽤나 많은 보급품이 필요할 터, 흑화회에 어느 정도의 타격을 줄 수 있을 것 같았다.

'은신에 투명날개를 이용한다면 몰래 던전을 다시 나오는 건 가능하지.'

혼자라는 점이 좀 걸리지만 이미 길이 닦였을 보급로를 따라 이동할 블랙펄 상단의 물건을 빼돌리는 건 어려울 것 같지 않았다.

'앙헬과 세 정령도 있고.'

그런 생각을 하는 가온의 얼굴에 평소에는 볼 수 없었던 장난기가 떠올랐다.

거의 하루 종일에 말을 달린 끝에 오후 늦게 도착한 점보 던전 앞에는 오우거 던전 근처에 있던 요새보다 규모가 열 배 이상 큰 요새가 있었다.

"이야기는 많이 들었습니다. 왕실 3기사단의 테르반이라고 합니다."

상당히 젊은 기사가 온 클랜의 이름을 듣더니 직접 내려와서 문을 열어 주었다.

"수고하십니다."

"수고는요. 행정관께 안내해 드리겠습니다."

　말이 많았던 로헤트와 달리 테르반은 바위처럼 묵직한 사내였다.

　요새 안에는 목조건물들이 꽤나 많아서 던전에 진입해 있는 토벌군의 규모를 짐작할 수 있었는데, 지금은 두 개 지대의 기사 전력과 수백 명 규모의 병사들이 주둔하고 있었다.

　테르반의 안내로 찾아간 곳에는 수척한 얼굴을 하고 있는 3급 행정관이 자리를 지키고 있었다.

"온다는 말은 헤튼 수석 행정관님으로부터 통신을 통해 들었습니다. 바로 진입할 생각입니까?"

"아닙니다. 내일 아침에 진입할 생각입니다."

　던전에도 낮과 밤이 있었고 대개 바깥과 시간의 흐름이 비슷하기 때문에 굳이 이 시간에 들어갈 필요는 없었다.

"그렇게 하십시오. 쉴 곳을 안내해 드리겠습니다."

"감사합니다."

　인사를 하는 가온의 입가에 작은 미소가 떠올랐다. 오우거 던전을 클리어한 사실 때문인지 소문 때문인지는 몰라도 이번에는 제대로 대우를 받는 느낌이었다.

　그런데 좀 이상한 점이 있었다. 점보 던전보다 중요도나

크기가 훨씬 떨어지는 오우거 던전만 해도 상당히 유능한 헤튼과 같은 행정관이 있었는데, 이곳은 복색을 보아하니 3급 행정관이 맡고 있었던 것이다.

살짝 돌려서 물어보니 점보 던전은 오우거 던전과 달리 게이트 안쪽에 던전을 관리하는 요새가 있으며 거기에 기사들과 왕실 마법사들이 주둔하고 있다고 했다.

다음 날 가온 일행은 점보 던전에 들어갔다.

처음 보는 거대한 게이트로 몸을 던진 순간 익숙한 안내음과 함께 홀로그램이 떴다.

-인원 한도 무제한의 EX등급 던전의 1층에 들어오셨습니다! 던전 내부에 서식하는 마수와 몬스터의 3분의 1 이상과 세 개의 차원석을 파괴하거나 제거하세요! EX등급은 1년 안에 반드시 클리어를 해야 하는 던전입니다. 만약 시한을 넘기게 되면 차원 전체가 붕괴할 수도 있는 위험이 찾아올 겁니다. 최선을 다해서 클리어하세요!

EX등급이었기에 그 많은 플레이어들이 동시에 입장할 수 있는 것이다.

그런데 참으로 인상적인 것은 참신하게 위협을 하는 홀로그램의 내용이었다.

'던전 내부의 마수와 몬스터를 3분의 1 이상 처치하는 조건

이야 당연할 수 있는데 차원석이 하나가 아니라 세 개라니!'

그래서 세 왕자가 각각 다른 길을 택해서 경쟁을 하는 모양이다.

"지평선이라니! 이건 완전히 다른 세상이잖아!"

홀로그램에 정신이 팔렸던 가온은 퍼슨이 내지른 탄성에 겨우 정신을 차리고 주위를 둘러보았다.

"하아!"

던전이 얼마나 큰지 던전 특유의 불투명한 반구형 하늘이나 막이 보이지 않았다. 구름 한 점이 없는 하늘에 떠 있는 태양이 흐릿한 것만이 이곳이 던전이 아니라 다른 세상이라고 알려 주는 것 같았다.

그런 온 클랜원들을 맞이하는 사람들도 있었다.

"어서 오시오."

아그레시아 왕국의 전형적인 마법사 복장에 수정 오브가 있는 지팡이를 들고 있는 백발의 마법사가 이제까지 봤던 기사 중에서 가장 큰 체격을 가진 중년 기사 한 명과 함께 다가왔다.

"온 훈이라고 합니다. 여기는 온 클랜원들입니다."

"잘 왔소. 온 클랜이 오우거 던전을 클리어했고 본 던전에 들어온다는 소식은 전해 들었소. 나는 왕실 3기사단의 4지대장 몽클레어라고 하오. 나 역시 한때 나크 훈 님께 사사했으니 우리는 동문이라고 할 수 있겠군."

몽클레어 기사가 호의가 가득한 얼굴로 가온의 인사를 받았다. 또 한 번 나크 훈의 인맥이 얼마나 대단한지 확인할 수 있었다.

그때 소개를 기다리지 않고 백발의 마법사가 입을 열었다.

"오! 드디어 들어왔군. 나는 라비테르온이라고 하네. 은퇴를 했다가 이곳의 일이 워낙 중해서 왕실에서 부르는 바람에 이곳에 들어왔네. 정식 직책은 없지만 임시로 던전 내부의 연락망을 책임지고 있네."

기도든 뭐든 받아 줄 것처럼 허허롭고 살짝 미소를 띤 얼굴과 말에 담긴 감정은 자애로웠지만 눈빛은 굉장히 차가웠다.

가온이 익숙한 이름에 놀랄 때 나디아의 설명이 귀로 전해졌다. 그녀는 진화를 한 물의 정령을 이용해서 정해진 상대에게 심어나 전음과 비슷한 방식으로 자신의 말을 전할 수 있었다.

-몽클레어 기사는 2급 기사로 워베어를 맨손으로 때려잡는 용력을 가진 것으로 유명해요. 그리고 라비테르온 백작은 6서클 마도사로 왕실마법사로 일하시다가 2년 전에 은퇴하셨어요. 마법 실력이 굉장히 뛰어난 분인데 외부에서는 왕실과 마탑들의 조율을 맡아서 활약하셨어요.

왕실마법사에 대해서는 얼마 전에 마론에게 들은 적이 있는데 그 내용에 따르면 라비테르온 백작은 생각보다 거물이다.

아그레시아 왕국은 다른 왕국과 달리 왕실 마탑이 있기는 했지만 건물과 같은 실체는 없었다. 그냥 왕실에서 고용한 마법사들을 지칭하는 단어에 불과했다.

대신 왕실마법사를 모집해서 왕실에 상주시켰는데, 작위는 물론 상당한 실권을 가지고 있다고 했다.

"스승님께 백작님의 말씀을 들은 적이 있습니다. 만나서 영광입니다."

운이 좋았는지 볼코트가 마법사의 조력이 필요할 때 찾아가라고 했던 네 명 중 한 명이 바로 라비테르온이었다.

"허허허. 나크 훈 남작이 날 언급했다고? 그럴 리가 없을 텐데……."

기사들과 마법사들의 사이가 별로 좋지 않은 것은 아그레시아도 마찬가지이니 라비테르온이 의아해하는 것도 무리는 아니다.

"제 스승님은 두 분이십니다. 제가 마검사를 추구하는데, 마법은 볼코트 님께 사사하고 있습니다."

"허엇! 정말 볼코트가 자네의 마법 스승인가?"

라비테르온은 전혀 예상하지 못했던 사실에 깜짝 놀랐다.

"그렇습니다. 랑트성에서 기초 마법을 사사한 후 수시로 통신을 통해서 마법을 배우고 있습니다."

"오! 이런 기쁜 일이! 그럼 자네도 마법을 쓸 수 있는 건가?"

"스승님의 가르침이 워낙 세세해서 몇 가지는 펼칠 수 있습니다. 윈드 커터!"

가온은 메모라이징해 둔 윈드 커터 마법을 영창과 함께 펼쳤다.

위이잉!

손바닥 크기의 바람 칼날이 4미터 정도 떨어진 곳에 생성되더니 빠르게 회전했다.

그것만이 아니었다. 비록 1서클에 불과하지만 파이어와 워터, 아이스 마법이 연속으로 펼쳐졌다.

"정말 마검사로군!"

"허어! 이런 기사(奇事)가!"

입을 다물지 못하는 몽클레어도 그렇지만 한동안 맥이 끊어진 마검사의 모습을 확인한 라비테르온의 눈빛이 확 변했다.

"볼코트, 그 친구가 워낙 신망이 두터워서 탑주 세력과 얼마든지 싸워도 될 상황인데도 아쉽지 않다는 듯 다 내던지고 마탑을 떠난 것이 이상하다고 했더니, 이런 제자를 숨겨 두고 있었군. 허허허. 하긴 권력을 쥐는 것보다는 제대로 된 제자를 키우는 것이 더 재미있고 의미가 있기는 하지."

이제야 눈빛이 완전히 바뀐 라비테르온이 가온에게 손을 내밀었다.

수인까지 사용하는 마법사가 악수를 청한다는 건 그만큼 강한 호감을 드러내며 친근함을 표시하는 것이다.

"그래, 자네 스승은 어디에서 뭘 하고 있나?"

"두 사형과 함께 모처에 던전을 마련하시고 마지막으로 벽을 깨 보겠다고 하셨습니다."

"연락은?"

"이곳에 들어오기 전에 통신을 했는데 다행히 건강하셨습니다. 던전을 완성하는 데 생각보다 시간이 많이 걸리셨다더군요."

"그랬군. 던전을 만들다니 정말 부러워! 그 친구가 마탑에 있을 때는 좋은 꼴을 거의 보지 못하고 속만 끓이고 살더니 말년이 아주 부럽군. 에잉! 나도 다른 이들이 찾지 못하는 곳에 던전을 마련했어야 했는데 괜히 왕실에 들어와서는…….아무튼 잘 왔네. 일단 쉴 곳부터 안내해 주지."

"네!"

　당장 움직일 생각도 아니었기에 라비테르온의 호의를 거절할 수는 없었다. 스승님과 굉장히 가까운 사이인 것 같으니 말이다.

　가온과 온 클랜원들은 던전 게이트 바로 옆에 위치한 작은 요새 안으로 안내되었는데, 40여 명의 기사와 80여 명의 병사들이 주둔하고 있었다.

'꽤 강한 전력이 주둔하고 있네.'

아마 게이트를 벗어나려는 마수와 몬스터를 1차로 막는 전력인 모양인데 기사들의 수준이야 예상했던 것과 같았지만 병사들도 신강 단계를 넘어 최소한 마나로 무기를 강화할 수 있는 단계로 보여 정예병들인 것 같았다.

온 클랜원들은 따로 한 건물로 안내되어 휴식을 하기로 했고 가온은 이곳에 주둔하는 이들의 수뇌부가 업무를 보는 작은 통나무집 안으로 안내되었다.

"몽클레어 경, 온 클랜원들에게 쉴 곳을 안내해 주시오."

"네, 각하."

건물이 작아서 대원들이 모두 들어가지 못하는 모양이다.

가온이 따로 움직이게 되자 세르나와 나디아가 좀 아쉬운 얼굴을 했지만, 대원들은 군소리 없이 몽클레어 기사를 따라 이동했다.

라비테르온 백작의 뒤를 따라 안으로 들어가니 작은 책상 몇 개가 붙어 있었고, 중앙에는 통신용 수정구가 박혀 있어 이곳이 요새의 수뇌부가 업무를 보는 곳이자 통신실이라는 사실을 알 수 있었다.

라비테르온 백작이 삐삐 마른 중년의 마법사를 소개했다.

"나와 함께 토벌군과의 통신 업무를 책임지고 있는 왕실마법사인 에비앙 자작이라네."

"반갑습니다. 온 클랜을 이끌고 있는 온 훈이라고 합

니다."

"어서 오시오. 난 에비앙이라고 하네."

제대로 잠을 못 잔 듯 눈 밑이 거뭇거뭇해서 무척 피곤해 보이는 에비앙 자작이 귀찮은 얼굴로 가온을 반겼다.

"에비앙, 온 경이 누구의 제자인 줄 아나?"

갑자기 라비테르온 백작이 웃음기 가득한 얼굴로 물었다.

"에이. 저도 온 경과 온 클랜에 대한 소문은 들었습니다. 나크 훈 경이 아닙니까?"

"후후후. 다른 스승도 있더군. 볼코트가 바로 이 친구의 마법 스승일세."

"네? 그, 그럼 마검사?"

피로감과 권태감이 가득했던 에비앙의 눈빛이 갑자기 뜨거워졌다.

"호오! 자네는 온 경이 마검사라는 사실을 알고 있었군. 그래. 아주 제대로 된 마검사지."

라베테르온 백작이 가온의 어깨를 가볍게 치면서 말했다.

"아닙니다. 마법은 이제 막 기초를 단계에 불과합니다."

"기초는 무슨! 윈드커터를 펼칠 정도면 고리가 적어도 세 개는 될 텐데."

"……마검사가 다시 세상에 나타난 것도 신기하지만 3서클 마법을 쓸 수 있는 마검사라니 정말 대단합니다!"

에비앙은 언제 그랬냐는 듯 눈빛이 초롱초롱해져서 가온

을 몇 번이나 훑었다.

　누가 마법사가 아니랄까 봐 가온이 마검사라니 어떻게든 호기심을 채우겠다는 마음이 눈빛을 통해서 흘러나오고 있었다.

　"정말 볼코트 님이 스승이오?"

　"랑트 남작령에서 우연히 만나 인연을 맺었는데 제 자질이 부족한 탓에 많은 것을 배우지는 못했습니다."

　"나나 자네가 업무에 시달리는 동안 볼코트는 여기저기 쏘다니면서 이런 대단한 제자도 만들었다니 부럽기만 하네."

　라비테르온의 얼굴로 보아 진심인 것 같았다.

　"저도 왕실마법사의 업무가 이렇게 과중할 줄 알았다면 볼코트 님처럼 한직을 전전하는 한이 있더라고 안 들어왔을 겁니다. 아! 자네들은 잠깐 나가서 바람이라도 쐬게. 이곳은 내가 있을 테니."

　마탑에 대한 안 좋은 소리를 하려는 것인지 에비안 자작이 통신구가 놓여 있는 세 책상 앞에 앉아서 가온을 향해 뜨거운 눈빛을 보내고 있던 마법사들을 밖으로 내보냈다.

　'역시나!'

　두 사람은 평소에 쌓인 것이 많았는지 왕실 마탑에 대한 불만을 털어놓기 시작했다.

　가온은 두 사람의 불만을 들으면서 아공간 주머니를 열어서 찻주전자와 잔 그리고 백화차가 들어 있는 작은 봉지를 꺼내 차를 준비했다.

상황을 잘 모르니 맞장구도 칠 수가 없어서 묵묵히 차를 준비했다.

그러자 라비테르온과 에비앙은 가온이 손바닥에 화기를 집중시켜서 도자기 주전자 안의 물을 데우는 것이 신기한지 눈을 떼지 못했다.

분명히 마법은 아닌데 마나를 이런 식으로 운용하는 것은 처음 봤기 때문이다.

얼마 후 차가 다 우러났다.

"백화차라고 합니다. 엘프차의 한 종류로 머리와 몸을 청량하게 만들어 주는 효과가 있습니다."

쪼르르.

비단숲 일족에게 선물 받은 도자기 찻잔에 백화차를 따르자 라비테르온 백작과 에비앙 자작이 코를 벌름거리며 눈을 크게 떴다.

"호오! 향이 아주 대단한걸."

"세상에 존재하는 모든 향기를 담은 것 같습니다."

백화차를 한 모금 마신 두 사람의 눈이 더욱 커졌다. 마치 만개한 꽃밭으로 들어온 듯 다양한 꽃향기가 몸 전체로 퍼지더니 이내 압도적인 맛과 풍미가 느껴진 것이다.

압권은 그다음이었다. 찻물을 목으로 넘긴 순간 서늘하면서도 맑은 기운이 전신으로 퍼져 나갔다.

"어, 어떻게 이런 차가!"

"전설의 엘프차라고 해도 이 정도는 아닐 것 같은데요."

사실 이 차의 원형이 엘프차다. 다만 차이는 세계수의 수액이 들어가지 않은 것뿐이니까.

세 사람은 잠시 아무 말 없이 차를 즐겼다. 지금은 온전히 차의 맛과 향 그리고 풍미를 즐기고 싶은 마음밖에 없었기 때문이다.

그렇게 차를 마신 후 가온은 품에서 미리 준비했던 작은 봉지 두 개를 꺼냈다.

"열 번 정도 우릴 수 있는 백화차입니다. 저도 스파인 산맥에서 우연한 기회에 만난 엘프족 원로로부터 선물받은 것이라서 양이 많지 않습니다."

"오오! 뭐 이런 걸 다!"

"하하하. 안 그래도 조금만 얻었으면 했는데 고맙소!"

라비테르온과 에비앙은 그 어떤 선물을 받을 때보다 더 환하게 미소를 지었다.

덕분에 가온은 던전 내의 상황에 대한 정보를 상세하게 들을 수 있었다.

"그럼 1왕자님 쪽의 진척이 가장 부진하다는 거네요?"

"그렇다네. 안타까운 일이지. 리치 네크로맨서를 상대하는 그쪽은 마법사와 사제의 지원이 가장 필요한데 지금은 셋으로 나뉘어 있으니. 사실 왕재로만 따지면 그분이 다른 두

분을 현저히 능가하는데 말이야."

"그렇습니다. 2왕자님도 성군의 자질은 있지만 성격이 너무 유약한 데다 처가에 의지하는 바가 크니까요. 게다가 온경의 검술 스승인 나크 훈 경도 1왕자님 쪽에 있으니 그쪽으로 가는 것이 좋겠지요."

다행히 두 사람은 1왕자를 밀고 있어서 밖에서처럼 보기 좋지 않은 상황은 벌어지지 않았다.

"3왕자 측은 어떻습니까?"

"그쪽은 신경을 쓰지 말게. 3왕자님이 다른 두 분과 달리 신분과 관계없이 능력으로 대우를 해 주는 것으로 알려져서 많은 하급 귀족들은 물론 용병들까지 합류했지만, 결과적으로 보면 좋은 대우를 해 주지 않고 있어. 공을 세우도록 유도해서 미끼 혹은 화살받이로 많이 죽어 나갔으니까."

"저는 그분의 속을 알 수 없는 것이 제일 마음에 걸립니다. 자금의 출처도 투명하지 않을 뿐 아니라 너무 상인들을 많이 끼고 있습니다."

두 사람의 3왕자에 대한 평가는 무척 박했다.

"그런데 언제 출발할 생각인가? 며칠 안에 보급품을 가지러 수송대가 올 테니 그쪽과 동행해도 좋고."

"굳이 수송대와 동행할 생각은 없지만 일단 이곳에서 하룻밤을 보내고 출발할 생각인데 쉴 곳이 있을까요?"

일찍 던전에 들어왔지만 던전 안과 밖은 시간이 달라서 이곳은 지금 오후였다.

"추가로 들어오는 이들을 위해 마련한 숙소가 있으니 그건 걱정하지 말게나. 그런데 혹시 다른 건 없나?"

라비테르온 백작이 입맛을 다시며 은근하게 물었다.

"혹시 술을 즐기십니까?"

"술? 없어서 못 마시지!"

술이라는 얘기가 나오자 라비테르온 백작과 에비앙 자작은 물론이고 묵묵히 대화를 듣고만 있던 몽클레어 기사의 눈빛이 갑자기 뜨거워졌다.

현재 술은 그 어느 때보다 희귀한 물건이다. 대륙 전체가 마수와 몬스터 창궐 사태로 인해서 난리가 나서 식량 공급이 최우선인 상황이라서 술을 제대로 빚을 수가 없었기 때문이다.

그나마 와인의 경우 와인 농가나 양조장에서 숙성을 시키던 것들이 있어서 지금까지 유통이 되고는 있지만 가격은 이전에 비해 천정부지로 올라 귀족들도 쉽게 마실 수가 없었다.

"이곳에 계신 분들을 위해서 와인과 맥주 몇 통을 구해 왔습니다."

"오오오!"

두 사람은 가온의 아공간 주머니에서 나오는 와인통과 맥주통을 열기 가득한 눈으로 지켜봤다.

뻥!

마개를 열자 실내로 퍼져 나가는 향긋한 포도주 향에 사람들은 자신도 모르게 코를 벌름거렸다.

"두 분에게는 각각 1통씩 드리겠습니다."

"고맙네! 하하하!"

"잘 마시겠소, 온 경!"

마치 보물이라도 되는 것처럼 와인통과 맥주통을 품에 안은 두 사람의 얼굴에는 행복이 가득했다.

"그리고 고생하는 기사분들과 병사들에게는 각각 세 통씩을 준비했습니다."

"하하하. 안 그래도 미안했는데 잘됐군."

에비앙 자작이 문밖을 지키고 있던 기사들에게 말해서 몽클레어 기사를 호출했다.

얼마 후 안으로 들어온 몽클레어 기사는 술통들을 보더니 코를 벌름거리며 얼굴이 붉어졌다.

"몽클레어 지대장, 그건 온 경이 던전에서 고생을 하는 4지대와 병사들을 위해 준비한 선물이니 챙기시오."

에비앙의 말에 몽클레어는 아까보다 더 강한 호감을 담은 눈빛으로 가온에게 묵례를 하더니 문밖에 있던 기사들을 불러 술을 챙기도록 했다.

"정말 고맙소. 정기적으로 보급이 들어오기는 하지만 술은 포함되지 않아서 무척 서운했는데 모두들 경에게 감사할 것이오."

마수와 몬스터의 창궐 사태로 9할 이상의 농경지가 잡풀로 덮인 상황이라서 술의 가치가 천정부지로 올라갔으니 보급품에 술이 포함될 리가 없었다.

물론 왕자들을 포함한 고위 귀족들을 위한 소량은 반입이 되겠지만 말이다.

"아닙니다. 로헤트 경으로부터 여러분이 무척 고생한다는 소리를 들어서 준비했습니다."

그냥 하는 소리가 아니라 이 점보 던전도 왕실 3기사단이 관리를 한다는 소리와 함께 무뚝뚝하지만 속정이 많다는 몽클레어 지대장에 대해서 들었다.

"오! 로헤트 지대장을 아시오?"

"오우거 던전 요새에서 만났는데 친화력이 높고 무척 화통하시더군요. 같이한 시간은 짧았지만 진심으로 챙겨 주셨습니다."

"하하하. 안 그래도 나크 훈 님의 제자라고 해서 따로 자리를 마련할 생각이었는데, 로헤트와도 교분이 있다니 정말 반갑소. 아까도 말했지만 우리 동문이나 마찬가지요."

"네, 알고 있습니다. 그래서 남 같지가 않습니다."

"하하하. 내 생각도 그렇소. 특히 우리 왕실 3기사단의 단원 대부분은 잠깐이라도 나크 훈 님께 사사했으니 말이오."

"아! 그리고 이건 건과입니다. 와인과 맥주를 비밀리에 생산하는 루시아라는 곳에서 나왔다고 하는데, 당도도 무척 높고 미량이기는 하지만 마나가 포함되어 있어서 장복하면 우리와 같은 사람들에게 아주 좋다고 합니다."

가온은 내친김에 루시아에서 구입한 건과들을 꺼냈다.

그런데 몽클레어가 맛을 보기도 전에 라비테르온 백작과 에비안 자작이 건과를 먹어 보더니 눈이 휘둥그레졌다.

"오! 정말 마나를 품고 있네."

"마나도 마나지만 정말 맛있군요. 달기만 한 것이 아니라 다양한 맛과 향이 느껴지는 최상급의 건과입니다."

건과는 포도부터 시작해서 지구의 사과와 대추에 해당하는 과일들까지 포함되어 있었는데, 크기나 색깔도 다르고 맛이나 풍미 역시 다양했다.

"온 경, 우리 것은 없소?"

에비앙이 욕심을 숨기지 않고 은근하게 물었다.

"왜 없겠습니까, 술에는 안주가 반드시 따라야 하는 법인 걸요. 다만 세 분을 위해 준비한 건 건과가 아니라 건강에도 좋은 견과입니다."

가온은 루시아에는 지천인 다양한 견과를 꺼냈다. 호두부터 시작해서 잣과 다양한 너트 종류였다.

"하하하. 온 경이 아주 센스가 있군. 고맙게 잘 먹겠네."

"최근에 받은 선물 중 가장 마음에 듭니다. 하하하."

라비테르온과 에비앙은 정말 마음에 들었는지 그간의 시

름과 걱정이 모두 사라진 얼굴이 되었다. 물론 몽클레어도
마찬가지였다.

"어차피 던전이 너무 넓어서 클리어하려면 시간이 많이 걸
릴 테니 오늘은 여러분을 위해 작은 잔치를 할까 싶습니다."

별일이 없었다면 이쯤에서 대화를 마무리하고 출발을 해
야 하지만 생각하고 있는 것이 있어서 오늘 하루는 이곳에서
보내려 했고 그 방법이 바로 잔치였다.

"오! 잔치라니. 혹시 음식도?"

"그거야 당연하지요. 왕도에서 유명한 음식점 세 곳에서
100인분의 요리를 구입해 왔습니다."

"하하하. 온 경은 정말 마음에 드는 사람이오. 그동안 기
사들과 병사들이 고생하는 것을 보며 안타까워는 했지만 제
대로 챙길 여건이 되지 않았는데, 정말 잘됐소."

"맞습니다. 던전 밖의 요새는 두 달에 한 번이라도 교대를
하지만, 우리는 아예 나갈 수도 없어서 지치면서 사기가 많
이 떨어졌습니다. 기사와 병사 들은 물론 마법사들도 똑같이
고생을 했지요. 오늘 하루라도 마음껏 먹고 즐겼으면 좋겠습
니다."

세 사람은 잔치라는 말에 신이 났는지 얼굴에 홍조가 어
렸다.

잔치판이 벌어졌다.

왕도에서 유명한 요리점 세 곳에서 사 온 다양한 요리들만 해도 눈이 돌아갈 정도였지만 바깥에서도 쉽게 구입하지 못해서 한동안 마시지 못했던 포도주와 맥주까지 준비되어 있으니 난리가 날 수밖에 없었다.

세 왕자가 이끄는 토벌군과의 연락을 맡는 동시에 던전을 빠져나오려는 마수와 몬스터를 막기 위해서 주둔하고 있는 기사와 정예병 100여 명은 온 클랜이 준비한 음식과 술을 즐기며 그동안 쌓인 스트레스를 제대로 풀 수 있었다.

던전의 게이트로 접근하는 마수나 몬스터를 경계하는 임무는 일부 기사와 함께 온 클랜원들이 맡기로 했다.

던전 밖으로 빠져나가려는 마수와 몬스터의 동향을 파악하고 제거하는 임무는 본래 온 클랜에게 맡길 수 없었지만 그동안 던전을 나가지도 못하고 함께 고생한 기사와 병사 들에게 미안한 마음을 가지고 있었던 백작과 자작이 간곡하게 부탁했다.

대신 과분한 보상도 받았다. 토벌군이 그동안 만든 던전의 지도였다. 필사본이기는 하지만 먼저 입장한 플레이어들의 경우 1만 골드라는 거금을 주고 겨우 구입한 필수 아이템이었다.

거기에 더해서 차원석이 있는 위치에 대해서도 들었다. 이 던전의 차원석들은 세 보스인 리치와 거대 유인원 킹 그리고 자이언트 웜 킹의 거처 근처에 있었다. 그래서 차원석을 부수려면 어차피 세 보스를 처치해야만 했다.

그뿐이 아니다. 던전에 대한 상세한 정보까지 모두 들을 수 있었다. 마법사나 기사 들은 물론 병사들까지 수송대를 통해서 들은 내용을 얘기해 준 것이다.

앞서 들어온 플레이어들에 대한 소식도 들었는데 그들은 3왕자군에 합류한다고 했다.

술과 음식을 대접한 것으로 이 정도의 정보를 확보했으니 이불리를 따져도 꽤 이득을 본 것이다.

그렇게 병사들까지 잔치를 즐겼지만 적극적으로 즐기지 못하는 사람들도 있긴 했다. 세 토벌군에서 오는 통신 때문에 마법사 세 명은 평소처럼 대기를 하고 있어야만 했다.

하지만 세 마법사도 요리들은 즐길 수 있었고 따로 포도주와 맥주 몇 병을 챙겨 주었기에 불만이 전혀 없었다.

마법사들의 성향상 시끄러운 자리보다는 몇 명 혹은 혼자서 술을 마시는 것을 선호했으니 더 좋아했다.

사람들은 오랜만에 마시는 포도주와 맥주에 기분이 잔뜩 올라갔고, 여기저기에서 노래를 부르고 춤을 추면서 제대로 된 잔치 분위기가 났다.

결국 가온은 독한 증류주까지 내놓아야만 했다. 평생 육체를 단련하는 이들이라서 쉽게 취하지 않았기 때문이다.

3시간 정도 후에 잔치는 끝났지만 대부분 술에 취해서 자신들의 숙소로 들어가야만 했다. 기사들은 물론이고 마법사들도 마나를 운용해서 술기운을 날려 보낼 수 있지만 오늘만큼은 그렇게 하고 싶지 않았다.

가온은 대원들에게 오늘 하루만 고생하자고 말할 수밖에 없었다.

"괜찮습니다. 우리야 언제든 즐길 수 있는 음식과 술이지만 이들은 몇 달, 아니 몇 년 동안 제대로 즐기지 못했을 테니 충분히 이해가 갑니다."

마론부터 이계인 대원들까지 모두 상황을 이해했다.

"여러분에게 미안하지만 난 좀 쉬어야 할 것 같습니다."

"그러십시오. 아까 잠깐 보니 다들 대장님에게 술을 따라 주기 위해서 줄을 섰더라고요."

"속은 괜찮으세요?"

가온은 적당한 곳에서 쉴 테니 굳이 찾을 필요는 없다는 말을 남기고 대원들이 안 보이는 곳에서 은신 스킬을 펼친 후 투명날개를 장착하고 하늘로 날아올랐다.

예정된 블랙펄 상단의 불운

비행을 시작한 가온이 향한 곳은 어떤 사람도 예상하지 못한 장소로, 바로 게이트였다.

가온이 일렁이는 파장으로 이루어진 거대한 게이트를 통과해서 밖으로 나왔지만 그 누구도 그 사실을 알아차리지 못했다.

혼자 통과할 때 발생하는 파장의 변화는 크지 않은 덕이다.

수도에서 던전이 있는 곳까지 나 있는 길을 따라서 한참을 날아가다 보니 열 대의 사두마차와 말을 탄 100여 명의 용병들이 눈에 들어왔다.

'역시 지금쯤 올 줄 알았지.'

    왕실과의 계약을 통해서 토벌군의 보급을 담당하고 있는 블랙펄 상단은 2주에 한 번씩 보급품을 게이트 입구의 요새까지 수송한다.

    토벌군의 규모가 9천에 이르고 세 왕자를 포함해서 고위 귀족들과 상급 기사들이 포함되어 있는 만큼 보급품의 질이나 양은 최상일 수밖에 없었다.

    당연히 귀한 보급품은 아공간 주머니를 활용하지만 그럼에도 불구하고 사두마차 열 대에는 보급품이 가득 실려 있었다. 9천여 명이 먹고 쓰는 식량과 생필품만 해도 엄청난 양일 수밖에 없었다.

    가온은 바로 앙헬을 불러냈다.

    '이제 네가 활약할 시간이야!'

    ─호호호. 맡겨만 주세요.

    '굳이 다 죽일 필요는 없지만 책임자급은 꼭 처리해야 해.'

    블랙펄 상단이 비록 세상의 암류인 흑화회의 수족이기는 하지만 다 죽일 필요는 없었다.

    ─그건 제가 알아서 할게요. 오우거나 트롤이 있는 곳만 찾아 주세요.

    '알았어.'

    가온은 카오스와 녹스 그리고 마누를 불러내어 앙헬이 요구한 내용을 알려 주었다.

    세 정령은 각기 다른 방향으로 순간 이동하듯 사라졌고 얼마 후 차례로 의념이 전해졌다.

'앙헬!'

－알겠어요!

세 정령이 있는 위치를 파악한 앙헬이 날개를 흔드는 순간 사라졌다.

"이번 길은 어쩐지 불안하네."

열 대의 마차 중 유일하게 승객용 마차에 타고 있는 게른이 다른 때와 다름이 없는 창문 밖으로 쳐다보며 말했다.

"부단주님, 한두 번 다닌 길도 아니고 이 길 주변의 마수와 몬스터는 왕실은 물론 저희들도 주기적으로 토벌하니 불안해하지 않으셔도 됩니다."

너무 뚱뚱해서 보는 누구라도 돼지나 오크를 연상하게 만드는 부단주 게른이 불안감을 떨쳐 버리지 못하자 흑화회에서 특별히 파견한 수신 호위 모제가 몇 번이나 했던 말을 다시 꺼냈다.

"아니야. 기분이 아주 이상해. 출발하기 전에 말이 발광을 한 것도 그렇고."

"그거야 놈이 갑자기 발정을 해서 그렇다지 않습니까."

"모제, 자네는 날 오래 호위했으니 내 감이 얼마나 정확한지 잘 알잖나."

"그렇긴 하지만 이 길이 위험할 리가 없습니다. 게다가 부단주님이 걱정된다고 호위대를 평소보다 두 배로 증원했고 요. 저도 있고 호위대의 전력이라면 트롤이 나타난다고 해도 충분히 사냥할 수 있을 정도입니다."

"자네와 호위대의 실력은 믿지. 믿으니까 꺼림칙해도 이렇게 수송에 나선 것이고."

모제와 호위대장은 무려 검기 완숙자다. 노력과 재능에 신의 은총이 더해져야 탄생한다는 소드 마스터는 아니지만 검기 완숙자 정도면 공후작가의 기사단장에 해당하는 강자다. 그리고 나머지 호위대원들도 추리고 추렸기 때문에 모제는 부단주가 전혀 걱정할 필요가 없다고 생각했다.

사실 게른은 이번 수송 일정을 늦추려고 했다. 어릴 때부터 유난히 감이 좋아서 특히나 위험을 감지하는 능력이 뛰어난 그는 한번 돋은 소름이 가라앉지 않고 잠도 자지 못할 정도로 불면증에 시달리고 있었다.

하지만 그럴 수가 없었다. 이번에 수송해야 하는 보급품 중에는 세 왕자를 포함해서 고위 귀족들과 상급 기사들이 요구한 물품들이 많았기 때문이다.

만약 보급품이 늦게 도착하기라도 하면 세 왕자는 물론이고 귀족들이 난리를 칠 것이다.

애초에 왕실과 토벌군의 보급을 책임지는 계약을 할 때 시한을 정확히 지키지 못할 경우 막대한 배상을 하기로 해서 아무리 불안해도 수송을 늦출 수는 없었다.

"아, 씨! 왜 이렇게 안정이 안 되는 거지?"

평민이었던 그를 블랙펄이라는 대상단의 아그레시아 지단의 부단주로 만드는 데 가장 큰 기여를 했던 생존 감각 혹은 위험 감지 능력이 그를 불안하게 만들었다.

"정 불안하시면 하세테라도 한 대 피우시겠습니까?"

하세테는 마약 성분이 들어간 연초다.

"다시 피우면 중독이 훨씬 심해질 것 같지만 도저히 참지 못하겠네. 차라리 몸과 마음이 풀어지는 편이 나을 것 같군. 한 대 말아 주게."

게른의 말에 모제가 품에서 작은 주머니를 꺼내 안에서 살짝 덜 마른 하세테 잎을 꺼내 종이에 익숙하게 만 다음 불을 붙여 건네주었다.

"자네는 피우지 말게나."

"알겠습니다."

내심 자신도 한 대 피우려고 했던 모제는 흠칫한 얼굴로 꺼내던 하세테 잎을 다시 집어넣었다.

게른이 하세테 연초를 다 피우고 여느 때처럼 축 늘어져 있을 때였다.

갑자기 마차가 크게 흔들렸다.

"뭐야?"

"헉! 오, 오우거다! 오우거다!"

여기저기에서 공포에 질린 외침들이 들렸다.

'오우거라니? 대체 무슨 소리야?'

모제가 그렇게 생각할 때 마차가 멈추었다.

황급히 밖으로 나간 모제의 눈이 커졌다. 전방 멀리에서 정말로 오우거 한 마리가 빠른 속도로 달려오고 있었다.

"젠장! 당장 말에서 내려! 검기를 사용할 수 있는 놈들은 사냥할 준비를 하고 나머지는 말과 마차를 챙겨!"

자신과 호위대장을 포함해서 50명 정도면 어느 정도 피해는 입겠지만 오우거를 죽일 수 있었다. 그런 경험이 아예 없었던 것도 아니어서 호위대원이 얼마나 죽을지가 문제지 놈을 죽이는 것은 걱정하지 않았다.

그렇게 모제의 명령대로 호위대가 일사불란하게 움직여서 대응을 마쳤을 때였다.

"으악! 저, 저쪽에도 오우거가!"

말들이 동요하지 않도록 멀찌감치 떨어진 곳으로 옮기려고 이동하던 한 호위대원이 대경실색해서 외쳤다.

"미친!"

정말이었다. 길 한쪽의 숲에서 커다란 소음이 들리는가 싶더니 부러지는 나무들 사이로 오우거의 흉측한 안면이 나타났다.

"체롬, 절반을 끌고 이쪽으로 와!"

호위대 대장인 체롬에게 명령을 내린 모제가 이를 갈았다.

이제 전방에서 달려오는 오우거를 죽이는 건 불가능하게 되었다.

'도망쳐야 해!'

비록 자신과 호위대장이 검기 완숙자이고 검기에 입문한 호위대원만 절반이 넘는다지만 오우거 두 마리를 상대하는 건 불가능했다.

육체 능력이 평범한 부단주를 안전하게 지키는 것이 임무인 그가 생각할 수 있는 방법은 도망치는 것밖에 없었다.

황급히 마차로 들어간 모제는 부단주인 게른의 비대한 몸을 흔들었다.

"부단주님, 일어나십시오! 급합니다!"

"으아으? 무에야으?"

마약 성분이 제대로 돌았는지 눈이 풀리고 침을 질질 흘리고 있는 부단주는 알아먹지도 못할 말을 흘렸다.

"젠장!"

하필 이럴 때 마약에 취하다니!

몸이 성인 세 배는 될 것처럼 비대한 돼지를 그 혼자서 안거나 업고 도망을 쳐야 하는 상황이 되어 버렸다.

하지만 부단주를 지키는 것이 조직에서 그에게 내린 소임이다.

만약 자신의 목숨이 아까워서 혼자 도망치기라도 하면 조직의 손아귀에 있는 가족들은 그야말로 지옥을 구경하게 될 것이다.

　모제는 속으로 욕을 하면서도 늘어져 있는 부단주의 몸을 마차 밖으로 끌어냈다.

　그가 막 부단주를 들쳐 업으려는 순간 또 다른 호위대원이 기겁해서 소리쳤다.

　"으악! 이쪽에도 오우거가 온다!"

　방금 모습을 보인 오우거와 반대 방향의 숲에서도 아까와 비슷한 시끄러운 소음과 함께 거대한 오우거의 머리통이 보이기 시작했다.

　"젠장! 말들을 오우거들이 접근하는 방향으로 풀어!"

　살려면 어쩔 수 없었다. 일단 오우거들의 주의를 말에게 돌려야만 시간을 벌 수 있었다.

　상단 호위대원들이 서둘러 나무에 묶어 두었던 말들을 풀었고 이미 오우거의 체취와 살기에 공포에 질린 말들은 방향을 설정해 주기도 전에 사방으로 도망쳤다.

　"이런 제기랄!"

　대원들이 어떻게든 통제하려고 했지만 공포에 질린 말들은 괴력을 발휘해서 고삐를 뿌리치거나 끊어 버린 것이다.

　그렇게 오우거들의 주의를 말로 돌리는 데 실패한 호위대원들은 어느새 20미터까지 접근한 오우거들을 보고 결국 도망을 치기 시작했다.

　"이 새끼들아! 도망치면 다 죽는다고! 어떻게든 함께 상대를 해야 한단 말이야!"

모제와 호위단장이 소리를 질렀지만 공포에 잠식된 호위대원들의 귀에는 전해지지 않았다.

오우거들은 지금 다른 것에 홀린 상태지만 인간은 달랐다. 놈들에게 인간은 사냥하기 쉬우면서도 아주 맛이 각별한 특식이었다.

오우거들은 발을 멈추고 곁에 있는 나무를 뽑거나 부러뜨린 후 도망치는 인간들을 향해 던지기 시작했다. 놈들은 힘만 좋은 것이 아니라 눈도 좋아서 도망치는 호위대원들을 정확히 노리고 있었다.

슈앙! 퍽!

거대한 통나무에 직격당한 호위대원들은 비명조차 지르지 못하고 육신이 으스러지고 말았고 운 좋게 가지 부분에 맞은 이들도 너무 큰 충격에 기절하고 말았다.

그런데 설상가상으로 오우거 한 마리가 행로의 후미 쪽에서 나타났다.

놈들은 뭔가에 잔뜩 흥분한 상태였지만 도망을 치는 인간들을 보더니 회가 동하는지 침을 질질 흘리며 다른 오우거들처럼 근처에 나무를 부러뜨리거나 뽑아서 인간들을 향해 던졌다.

결국 모제와 호위대장조차 오우거를 상대할 엄두를 낼 수가 없었다.

네 방향을 틀어막은 채 거대한 나무를 던지고 있는 오우거들을 어떻게 상대한단 말인가.

　"모제 님, 이제 어떻게 할까요?"

　한 나무 뒤에 숨은 호위대장이 다른 나무 뒤에 숨어 있는 모제를 향해 물었다.

　"부단주님은 내가 책임지겠다! 다들 흩어져서 도망친다! 어떻게든 도망쳐서 점보 던전 요새에 오우거들의 습격 사실을 알려야 해!"

　마차 안에는 요새의 마법사와 연결되는 통신기도, 마통기도 있었지만 너무 놀란 나머지 가지고 나오지 못했다. 결국 방법은 이것밖에 없었다.

　"꼭 무사하십시오!"

　호위대장을 포함한 호위대가 먼저 움직였다. 부단주와 모제가 움직이기 쉽도록 오우거들의 시선을 끌어야만 했다.

　"여기다, 이놈들아!"

　호위대장과 호위대 수뇌부는 사방으로 흩어지면서 오우거들의 시선을 끌었다.

　하지만 그 대가는 참혹했다. 마나를 사용해서 날듯 달렸지만 날아오는 통나무에 직격당해 몸이 포처럼 납작해져 버리기 일쑤였다.

　원래 홀렸던 것을 잊어버린 오우거들은 신이 났다. 이제까지 사냥하던 놈들과 달리 엄청나게 빠르긴 하지만 던져서 맞히는 재미가 있었기 때문이다.

그렇게 호위대원들이 죽어 나갈 때 모제는 어느새 오우거들의 포위망을 뚫고 빠르게 이동하고 있었다. 완숙한 경지에 이른 은신 스킬과 체취를 감추어 주는 특수한 약초 덕분이었다.

하지만 모제는 이를 득득 갈았다.

'대체 어떻게 토벌을 했기에 한 번에 오우거가 네 마리나 나올 수 있는 거야! 으이구! 좀 작작 처먹지. 무거워 죽겠다!'

아무리 검기 완숙자라고 해도 일반인의 세 배 이상 나가는 게른을 업고 잔뜩 긴장한 채 빠르게 이동하다 보니 힘이 안 들 수가 없었다.

'조금만 더 가면 돼!'

호위대원들이 흩어져서 도망치는 작전은 성공적이었다. 부단주를 업은 상태로 은신포를 덮어쓰고 은밀히 움직인 모제는 더 이상 오우거의 로어나 죽어 가는 호위대원들의 비명이 들리지 않는 곳에 도착할 수 있었다.

"후유! 윽!"

나름 안전하다고 생각이 되자 안도의 한숨을 내쉰 모제는 허벅지와 허리가 끊어질 것 같은 고통에 자신도 모르게 비명을 토했다.

'이 돼지 새끼! 작작 좀 처먹지!'

긴장이 풀리자 이동하는 동안 몸을 짓누르는 육중한 무게

감이 느껴졌다.

아무리 마나를 능숙하게 사용하는 검기 완숙자라고 해도 일반인의 세 배나 되는 거구를 업고 수 킬로미터를 이동했으니 몸 전체에 부하가 걸려 삐걱거렸다.

막 부단주를 내려놓으려고 하던 모제는 문득 강한 이질감을 느꼈다.

'기절했나?'

업혀 있는 부단주의 몸이 뻣뻣했다. 아무리 마약에 취해 있다고 해도 부단주 역시 불편했을 텐데 이동을 멈추었음에도 아무런 기척이 없었다.

"큭!"

엉거주춤 주저앉아서 조심스럽게 부단주를 내려놓으려던 모제는 순간적으로 힘이 빠져 엉덩방아를 찧고 말았다.

"부단주님!"

부단주의 몸이 자신의 몸에서 힘없이 떨어져 나가는 것을 느낀 모제가 깜짝 놀라 손을 바닥에 짚고 몸을 뒤로 돌리려 했다.

그런데 이상하게 몸이 돌아가지 않는다. 마치 수렁에 몸 전체가 빠진 것처럼 강한 압력이 몸의 움직임을 방해하는 것 같았다.

자신의 몸 상태가 이상한 것을 확인한 모제는 마나를 운용하려고 했지만, 불안하게 마나는 꿈쩍도 하지 않았다.

예자롱으로
히든랭커

바닥을 짚은 손에 있는 대로 힘을 주어 힘겹게 자리에서 일어나는 데 성공은 했지만 천천히 몸을 돌린 모제의 눈이 화등잔처럼 커졌다.

부단주의 얼굴이 백짓장처럼 하얗게 질려 있었다.

몸이 너무 무거웠지만 그 순간만은 의식도 하지 못하고 황급히 부단주에게 다가가서 호흡부터 확인했다.

'죽었어!'

부단주인 게른의 호흡은 이미 멈춰 있었다.

그런데 이상한 것은 돼지는 저리 가라 할 정도로 뚱뚱했던 부단주의 몸이 고목나무처럼 말라 있었다.

'대체 어떻게 된 거지?'

독일까? 독의 가능성을 떠올린 모제가 고개를 거세게 저었다. 그가 이동한 경로에는 독물이 전혀 없었다. 게다가 은신포는 단순히 은신을 위한 도구가 아니라 피부에 접촉할 수 있는 모든 물질을 막아 준다.

그런데 게른의 코앞에 위치한 자신의 손이 이상했다.

'왜 검은 반점이? 헉! 독이다!'

모제는 게른의 사인은 알 수 없지만 자신은 현재 독에 의해 중독되었다는 사실을 깨달을 수 있었다.

자신이 중독되었다는 사실을 인지한 순간, 심장이 뭔가에 눌린 듯 조여 오기 시작했다.

"으으윽!"

모제는 품속에 손을 넣어 방어구 안쪽에 매달아 두었던 아공간 주머니를 붙잡았다.

　그런데 주머니를 빼낼 수가 없었다. 더 이상 손에 힘이 들어가지 않은 것이다.

　'호, 호흡을 할 수가 없어!'

　의식이 흐려지기 시작했다. 필사적으로 정신을 차리려고 애썼지만 이미 독 기운으로 가득 찬 심장이 멈춰 버렸고 혈관들은 제 기능을 하지 못했다.

　가온은 그 모든 과정을 하늘 위에서 지켜보면서 정령들을 통해 상황에 개입하고 있었다.

　특히 게른을 업고 높은 수준의 은신 스킬을 펼쳐서 도망치는 모제에게는 녹스를 보내 중독을 시키는 한편 마약에 취해 있는 부단주의 정신에 침투한 앙헬로 하여금 블랙펄 상단과 흑화회에 대한 정보를 알아내도록 했다.

　'그 정도로 나쁜 놈이었다고?'

　앙헬의 보고를 듣던 가온의 얼굴이 일그러졌다.

　－네, 주인님. 블랙펄 상단도 상단이지만 게른이라는 자는 지금까지 살아오는 동안 직접적으로 무고한 수백 명을 죽였어요. 말씀드린 대로 다른 상단은 물론 블랙펄 상단의 경쟁자들을 암살하는 건 일상이고, 질 나쁜 마약을 유통시켜서 수만에서 수십만 명을 폐인으로 만들기도 했어요. 자신의 야

망에 방해가 되는 인물은 설령 가족이라고 해도 참혹하게 죽일 정도로 잔혹한 자예요. 어떻게 할까요?

'알았어. 정혈을 흡수해도 좋아!'

그런 자라면 앙헬이 모든 정혈을 흡수해도 마땅했다.

녹스야 당연히 두 사람을 중독시켰고, 앙헬은 가온의 부탁으로 블랙펄 상단에 대한 정보를 알아내기 위해서 게른의 꿈으로 들어갔다.

재물과 권력에 집착이 강한 만큼 앙헬이 놈의 정신 방호막을 뚫는 것은 어려웠지만, 마약에 취해 있는 상태였고 앙헬이 서큐버스 퀸이라서 겨우 놈의 의식을 파고들 수 있었다.

그렇게 앙헬은 꿈을 통해서 블랙펄 상단과 흑화회에 대한 정보를 어렵지 않게 빼낼 수 있었는데, 게른이라는 자에 대해 소상히 알려 온 내용을 들으니 살 자격이 없었다.

하지만 아쉽게도 놈이 알고 있는 정보는 그리 중요한 것이 아니었다.

블랙펄 상단과 흑화회 간의 관계가 생각보다 깊고 끈끈하지는 않은 것 같았다.

'지구였으면 사형을 당해도 몇 번을 당했을 놈이야!'

자신의 손을 더럽힐 필요가 없었다. 어차피 중독되어 죽어 갈 놈이니 앙헬의 성장에 도움이 되도록 하는 것이 나았다.

―주인님, 그럼 게른을 업고 이동하는 자는 어떻게 할까요?

'굳이 네가 힘쓸 필요는 없어. 이미 중독이 심해서 곧 죽을 테니까. 다만 놈이 죽으면 게른의 사체와 함께 아공간에 챙겨. 소지품도 함께.'

ㅡ네, 알겠어요.

흑화회에서 파견한 게른의 수신호위인 모제라는 자는 검기 완숙자라서 현재 앙헬의 능력으로는 정보를 빼내기 어려우니 그냥 죽도록 방치하기로 했다.

'카오스, 마누, 어떻게 되어 가?'

둘에게는 사방으로 도망친 블랙펄 상단의 호위대원들을 살펴보게 했다.

ㅡ호위대장 일행을 끝으로 인간은 다 죽었고 지금은 오우거들이 인간들을 먹고 있어!

ㅡ가장 작은 오우거는 인간들을 포기하고 도망친 말들을 쫓아가고 있어요.

발정 난 암컷을 쫓아왔던 오우거들은 인간이 나타난 후 암컷이 사라진 것은 물론 페로몬까지 흩어져 버리자 그 분노를 인간들에게 풀었다.

말까지 쫓는 것을 보면 지금은 오직 식욕만 남은 상태인 것 같았다.

'카오스, 마차는 어때?'

ㅡ세 대는 부서졌는데 내용물이 무기와 속옷류 그리고 방어구라서 그런지 물건은 그대로 있어.

‘그럼 내용물은 모두 챙기고 마차는 오우거가 부순 것처럼 만들어. 할 수 있지?’

─호호호. 재미있겠네. 알았어.

오우거들에게 학살당한 상단 호위대원들이 좀 마음에 걸렸지만 그건 잠시에 불과했다.

‘게른의 정보에 의하면 상단의 호위대원치고 제대로 인성이 된 놈은 없으니까.’

블랙펄 상단은 다른 상단과 달리 범죄자 출신을 호위대로 선발했다.

게른이 상단의 재력과 연줄을 통해서 실력은 있지만 인성이 제대로 되지 않아서 감옥에 있어야 할 자들을 빼돌려서 돈과 독으로 부리고 있었던 것이다.

‘일단 목적은 달성했으니 다시 던전으로 돌아가자!’

상행이 오우거들에게 박살 난 사실이 알려진다면 블랙펄 상단은 난리가 날 것이다.

이번에 토벌군에 납품할 물품 규모나 내용물이 그만큼 엄청났기 때문이다.

‘아마 기둥뿌리 하나는 족히 뽑힐 테지.’

그동안 블랙펄 상단의 뒷배가 되어 주었던 내무부 대신까지 죽은 마당이니 그동안 온갖 악행을 통해 벌어들인 자금의 상당 부분을 토해 내야만 할 것이다.

다음 날, 온 클랜은 느긋하게 아침을 맞이했다. 새벽 수련도 마치고 갈 길이 먼 만큼 아침도 든든하게 먹었다.

출발 준비를 마친 가온이 인사를 하려고 라비테르온 등이 머무는 통신실을 찾았다.

"오! 가려는가?"

통신실에는 라비테르온 백작은 포함해서 에비앙 등 마법사들은 물론 몽클레어 지대장을 포함한 기사 몇 명도 있었다.

"네. 이제 출발 준비가 끝났습니다. 그런데 무슨 일이 있습니까?"

실내 분위기가 굉장히 무거웠다.

"골치 아픈 일이 벌어졌네."

"본래 어제 도착하기로 한 블랙펄 상단이 중간에 오우거의 습격을 받았다고 하오."

라비테르온 백작과 에비앙 자작이 이맛살을 찌푸리며 말했다.

"오우거의 습격요? 수도에서 이곳까지의 길 주변은 어느 정도 토벌이 된 거 아니었습니까?"

"그러게 말일세. 더구나 오우거들은 어지간하면 영역을 벗어나지 않는데, 대체 무슨 일인지 모르겠네."

라비테르온이 이해가 안 간다는 얼굴로 대답을 했다.

"그럼 보급에 문제가 생기겠군요?"

"문제가 아주 크지. 이번에 토벌군에 보낼 보급품 중에는 앞으로 꼭 필요한 성물과 성수는 물론 다양한 아이템들이 포함되어 있었거든. 보급이 되기 전까지는 토벌은커녕 한참 뒤로 물러나야 할 수도 있으니 그야말로 난리가 난 거지."

"1왕자군 측이 특히 곤란하겠군요."

죽음의 군단을 직접 마주하고 있는 1왕자 측은 성물과 성수가 간절하게 필요한 상황인데, 그 물건들이 다 사라져 버렸으니 난리가 났을 것이다.

"안 그래도 아침 일찍 그 소식을 전했더니 왕자님께서 격노해서 직접 통신을 하셨네. 아무래도 난 배웅을 못 하고 밖에 나가 봐야 할 것 같네. 마탑과 신전에 왕자님이 요구하신 물품들의 재고가 있어야만 하는데, 정말 큰일이네."

"중요한 물품은 아공간 주머니에 넣어서 옮길 텐데, 한 명도 요새에 도착하지 못한 겁니까?"

"그렇다네. 출발했다는 연락을 받고 밤까지 기다렸지만 도착하지 않아서 새벽에 기사들이 길을 따라 확인을 했는데, 마차는 산산조각이 나 버렸고 보급품은 오우거가 삼켰는지 흔적도 없었다고 하네."

"그럼 호위대는요?"

"흔적으로 보아 오우거는 한 마리가 아니라 적어도 네 마리 이상이 나타났다고 했네. 당연히 인간은 물론이고 말까지 모두 잡아먹었겠지."

오우거는 거대한 몸집과 어울리지 않게 굉장히 민첩하고 빨라서 일단 놈에게 발견되면 도망을 치는 건 거의 불가능했다.

"왕실 상단을 밀어낼 정도로 힘이 있는 상단이라고 하지 않았습니까?"

"그러게 말일세. 아무리 오우거들이 나타났다고 해도 몇 놈은 요새에 도착했어야 하는데 실망이네. 그 정도 실력자가 포함되지 않았다는 것이니 왕실, 특히 3왕자 측이 아주 곤란해질 걸세."

아마 블랙펄 상단은 앞으로 아그레시아 왕실에서 더 이상 세력을 확장할 수 없을 것이다. 누구나 라비테르온 백작처럼 생각할 테니 말이다.

"안 그래도 상계의 질서를 교란시킨다고 평이 좋지 않아서 다들 기피하는 걸 3왕자님과 키아신 후작이 강하게 주장해서 군수 상단으로 계약을 했는데, 이런 일이 생길 줄이야. 다른 것은 몰라도 신전들이 보내 온 성물과 성수 등은 꼭 도착했어야 했는데. 빌어먹을!"

어제 좋은 시간을 보내고 푹 잤던 사람들에게는 그야말로 횡액이나 다름없는 상황이었다.

"내 이 건을 절대로 가벼이 처리하지 않을 걸세. 다행히 보급에 자신이 있었는지 기일을 제대로 지키지 못할 경우 배상금을 크게 걸었으니, 탈탈 털어 버릴 걸세. 키아신 후작도

급사를 했다니 블랙펄 상단을 비호해 왔던 3왕자도 더 이상 관여하지 못하겠지."

"왕실에서도 가만히 있지 않을 겁니다. 그동안 키아신 후작이 관여하는 바람에 보급 거리가 먼 것도 아닌데 이윤을 높이 책정해서 상무부에서 말이 많았었으니, 이 기회에 블랙펄 상단으로부터 배상을 확실히 받으려고 할 겁니다."

"휴우! 일정이 늦어졌으니 배상이야 당연한 것이지만, 성물이나 성수는 다른 물건들처럼 재고가 많은 것도 아닐 테고 지금부터 구하고 제작을 해야 하니 시간이 한참 더 걸릴 수밖에 없다는 것이 문제지. 이놈들 때문에 토벌 일정에 큰 차질이 생겼으니 우리나 토벌군이나 크게 어려워졌어."

그렇다고 이곳에 있는 사람들이 뭘 어떻게 할 수 있는 건 아니니 나오는 건 한숨과 블랙펄 상단에 대한 욕설과 원망밖에 없었다.

"아무튼 이런 상황이라서 웃는 얼굴로 배웅은 못 하겠네."

"아닙니다. 부디 보급 건이 잘 처리되길 바랄 뿐입니다."

"어지간하면 1왕자님 쪽으로 가 주게. 성물과 성수가 부족해서 큰 어려움을 겪고 있을 테니, 반가이 맞이해 주실 걸세."

"어지간하면 그렇게 하겠습니다. 그래도 상황에 맞추어 유연하게 움직이겠다는 마음은 여전합니다."

"알겠네. 부디 몸조심하게!"

그렇게 온 클랜은 라비테르온 백작 일행으로부터 진정 어린 배웅을 받으며 출발했다.

⊶⊷

　블랙펄 상단의 아그레시아 지단은 난리가 났다.

　쾅!

　"젠장!"

　금발이지만 사자를 연상시키는 산발을 한 붉은 얼굴의 노인이 집무실 책상을 주먹으로 내리치며 욕설을 내뱉었다.

　"그래서 아무도 찾지 못했다고?"

　"근처를 샅샅이 수색했는데 몬스터가 찢은 것으로 보이는 부단주와 모제 경을 포함한 상단원과 호위대원들의 방어구와 옷가지 그리고 부러지거나 휘어 버린 무기 들을 발견하긴 했지만, 잡아먹혔는지 생존자는 찾을 수가 없었습니다. 씹다가 뱉은 것으로 보이는 말의 신체 일부와 산산조각이 난 마차의 잔해만 발견했습니다."

　살기가 가득한 노인의 시선에 무릎을 꿇은 중년 사내가 오금이 저린다는 얼굴로 겨우 보고했다.

　"정말 오우거가 나타났다고?"

　"네. 상행이 습격당한 장소를 중심으로 반경 1만 보 거리 안에 무려 네 마리나 있었습니다. 뭔가 찾는 것처럼 흥분한 상태로 돌아다닌 흔적이 있었다고 합니다."

"젠장! 대체 오우거들이 왜 거길? 그나저나 다른 것은 몰라도 무기와 방어구 들은 어떻게 된 거야?"

중요한 물품은 지단주인 게른이 소지하고 있는 대용량 아공간 주머니들 안에 집어넣었지만, 부피와 무게가 많이 나가는 옷과 방어구 그리고 무기 들은 거의 모두 마차에 실었었다.

먹을 것도 아니고 몸집이 거대한 오우거가 욕심을 내기엔 아무짝에도 쓸모가 없는데 몽땅 사라졌으니 의아할 수밖에 없었다.

"그, 그게 오우거만이 아니라 오크와 고블린의 흔적도 있었습니다."

"그러니까 오우거가 상행을 박살 내고 오크와 고블린이 물건들을 모두 훔쳐 갔다고?"

"그, 그런 것으로 보입니다. 추적을 했는데 흔적이 오크라강으로 이어졌습니다."

오크나 고블린의 출현은 가온조차 생각하지 못했던 우연이었다. 사실 놈들이 상행을 습격하려고 주위에 잠복하고 있었던 것이다.

당연히 이들이 짐작하는 것과 달리 놈들은 오우거들의 출현에 겁을 집어먹고 오크라강 너머로 도망을 쳐 버렸다.

"미친!"

노인은 또다시 책상을 쳤지만 힘이 실려 있지는 않았다.

이전부터 오크나 고블린이 상행, 특히 철제 무기를 수송하는 상단을 습격하는 일이야 흔한 일이고 지금은 그야말로 창궐이라는 단어에 어울릴 정도로 개체수가 늘어났기에 놈들이 훔쳐 갔다고 해서 이상한 일은 아니다.

결국 노인은 사고에 대한 조사보다는 해결책으로 주의를 돌렸다.

"음. 총관, 보급품을 새로 준비하는 작업은 어떻게 진행되고 있나?"

"일부는 저희 상단이 가지고 있는 재고에서, 그리고 나머지는 다른 상단을 통해 급하게 구하고 있는데 매직 스크롤들은 물론이고 성물과 성수 그리고 포션 종류는 시간이 필요합니다. 신전이나 마탑 그리고 연금술사 길드에도 알아봤지만 이번 보급 때문에 저희가 거의 쓸어 가는 바람에 재고가 거의 없다고 합니다."

"……후유!"

노인은 너무 허탈해서 화를 낼 힘도 없었다.

"게른, 이 돼지 새끼는 일을 저질러 났으면 어떻게든 처리를 하고 오우거에 잡아먹히든지. 대체 이 사태를 어떻게 처리한담."

점보 던전 건으로 아그레시아 왕실과 군수 상단 지정 계약을 할 때 기재했던 계약 지체에 따른 배상금을 생각하니 또다시 머리가 뜨거워졌다.

"내무부 쪽에서는 무슨 일이 있더라도 보급품이 모레까지 도착해야 한다고 통보를 해 왔습니다. 만일 시한을 지키지 못한다면 계약 자체를 취소하고 본단에 배상을 요구하겠다고 했습니다."

"만약 지키지 못하면 우리가 배상해야 할 금액은 어느 정도인가?"

"자세한 건 계산을 해 봐야 알겠지만 10배로 보상하기로 했으니 대략 3천만 골드 정도입니다."

토벌군은 이번 상행에 유독 비싼 보급품들을 많이 요구했다.

죽음의 군단을 부릴 정도로 강력한 리치 네크로맨서가 출현하는 바람에 인명은 물론 보급 쪽에서도 많은 피해를 입었기 때문이다.

키아신 후작 등 뒷배를 이용해서 물건들을 구입했음에도 거의 200만 골드가 들어갔다. 물론 시중가로 따지면 300만 골드에 해당한다.

지금 이 시기에 구하기 어려운 등급의 각종 포션은 물론이고 돈을 주고도 구하기 어려운 성물들이 포함되어 있기에 많은 돈이 들어갔다.

총관이 말한 천문학적인 배상 금액에 노인은 잠시 욕을 하거나 화를 낼 생각도 하지 못했다.

3천만 골드는 블랙펄 상단이 2년 동안 아그레시아 왕국에서 벌어들이는 돈이다.

 그것도 노예나 마약처럼 왕국은 물론 대륙 전체에서 금지한 위험한 물품까지 유통해서 말이다.

 인건비나 마약이나 암살단을 고용하는 등 회계에 들어가서는 안 되는 항목까지 포함한 지출을 고려하면 연간 순익은 대략 700만 골드로 절반은 뇌물과 같은 지부의 운영비로, 나머지는 흑화회로 보내게 되어 있다.

 '잘못하면 망하게 생겼다!'

 그 생각을 하자 화가 머리끝까지 치밀었다.

 "게른, 이 미친 돼지 새끼!"

 그 버러지 같은 놈이 욕심에 눈이 멀어서 말도 안 되는 계약을 해 버렸다.

 흑화회의 회원이자 블랙펄 상단의 뒷배인 3왕자나 시아킨 후작이 왕실에 있다면 지금 이 사태를 어떻게든 무마해 줄 수 있을 테지만, 하나는 던전 안에 있고 다른 하나는 어린 계집을 끼고 자다가 급사해 버렸다.

 "신전은 내가 맡을 테니까 총관은 매직 스크롤과 포션을 포함해서 나머지 물품을 무조건 구해! 돈이 얼마나 들든지 간에! 지금은 돈을 생각할 때가 아니야!"

 배상을 할 수는 없다.

 천문학적인 배상금도 문제지만 3왕자가 왕실에 없는 지금 상황에서 계약 불이행으로 군수 상단 지정이 해제된다면 그동안 자신들에게 당했던 수많은 상단이 달려들어서 블랙펄 상단을 갈기갈기 찢어 버릴 것이다.

거기에 상단의 무력도 바닥이다. 한시바삐 충원하지 않는다면 자신들이 많이 했던 것처럼 야밤에 상단의 담을 넘어 올 자들에게 이곳이 무너질 수도 있었다.

그런 암습이야 자신이 직접 막는다고 해도 상단이 그 정도의 피해를 받으면 총단에서 가만히 두고 볼 리가 없었다. 그렇게 되면 자신은 끝장이다.

수많은 경쟁자들이 그랬듯 무능력하다는 이유로 갈려 나갈 것이 분명했다.

"하지만 토벌군이 특별 주문한 화살은 어떻게 할지⋯⋯."

"할 수 없지. 주문을 해도 만드는 데 시간이 많이 걸리니 본단으로 보내려고 했던 물량으로 대신 채우는 수밖에."

워낙 신기한 무기고 위력이 대단해서 본단으로 보내려고 은밀하게 챙겨 두었는데 소용이 없게 되어 버렸다.

'젠장! 벽을 넘기 일보 직전이었는데⋯⋯.'

피를 토할 정도로 억울하고 아쉽지만 어쩔 수 없었다. 당장 이번 보급부터 해결한 후 호위대를 충원하는 등 할 일이 태산이었다.

결국 지단주이기는 하지만 상단의 업무를 게른에게 위임하고 두문불출하며 수련에 매진했던 사자머리는 소드 마스터로 오르는 계단을 도로 내려오고 말았다.

　요새를 나온 온 일행은 적당한 곳이 나오자 쉬면서 라비테르온 백작으로부터 받은 던전의 지도를 공유했다.
　목적지, 즉 차원석이 있는 장소들은 특정되어 있었다.
　특히 1왕자군의 진로 상에 있는 차원석은 던전의 정북쪽을 향해서 남북으로 뻗어 있는 산맥 중앙 부분이었다.
　"대장님은 어디로 가실 생각이에요?"
　선택지는 세 개다.
　1왕자는 토벌군이 '사스'라고 이름 붙인 거대한 산맥의 초입부터 중앙까지 이어지는 넓은 고원에서 리치 네크로맨서의 본진을 힘겹게 상대하고 있었고, 2왕자는 사스 산맥의 왼쪽에 길게 펼쳐진 거대한 수림지대를 따라 이동하면서 마핀이라고 부르는 거대한 유인원 마수를 상대하고 있었다.
　마지막으로 3왕자는 원래 사스 산맥의 오른쪽 황무지를 따라 이동해야 했는데, 현재는 토벌군의 정비를 핑계로 이동을 멈추고 상황을 지켜보고 있었다.
　"아무래도 1왕자 측과 합류해야 할 것 같아요."
　매디가 먼저 의견을 냈다.
　"그래야 하는 이유는요?"
　"현재 공략 진척도가 가장 낮아서 전공을 제대로 인정받으려면 그쪽이 제일 낫지 않을까요? 대장님의 스승님도 그쪽

예지몽으로
히든랭커

에 계시고요."

나디아가 묻자 매디가 덤덤한 얼굴로 대답했다.

"그 전에 우리 전력으로 전황을 뒤집을 수가 있을까요?"

나디아가 집요하게 가온의 대답을 요구했다.

"나는 그렇다고 믿어."

"대장님이 그렇게 자신하신다면 매디의 말대로 1왕자 측
에 합류하는 것이 좋을 것 같아요. 문제는 1왕자가 전공을
제대로 인정해 줄 인물이 아니란 거예요."

"정말요?"

헤븐힐이 놀라 물었다. 라비테르온 남작이나 에비앙 자작
이 한 말과 좀 달랐다.

"1왕자에게 왕재가 있었다면 와병 중인 국왕이 이미 승계
를 정했을 거예요."

그 말은 1왕자에게 국왕의 자질이 부족하다는 의미였다.
라비테르온 백작이나 에비앙 자작이 말한 것과는 사뭇 달
랐다.

"1왕자는 세간에는 지혜롭다고 알려졌지만 사실은 성격이
유약해서 장인인 헤모시 공작에게 휘둘리고 있어요. 그런데
헤모시 공작이 자신 대신 보낸 공작가의 기사단장이자 소드
마스터인 홈멜 백작은 자신의 공에 집착하는 성격이라서 우
리가 활약을 한다고 해도 전공을 쉽게 인정해 주지 않을 거
예요."

나디아가 가진 1왕자에 대한 정보는 세간에 알려진 것과 많이 달랐다.

　"그럼 다른 왕자들은 어때요?"

　"성격이 유약한 건 2왕자도 마찬가지라서 처가에 의지하는 것까지 비슷해요. 마지막으로 최근에 급부상한 3왕자는 능력도 검증이 되지 않았지만 성격이 음험하다고 알려졌어요. 그나마 검술 실력이나 지혜로만 보자면 2왕자가 셋 중 조금 낫지만 그쪽에도 왕자의 스승이자 왕비의 남동생인 메르트 후작이 전권을 휘두르고 있어서 전공을 인정받기 힘들 거예요. 3왕자는 전공을 인정해 줄 가능성이 높지만 뭔가 제약을 걸 것이 분명하고요."

　나디아는 정보 길드의 길드장을 두고 경합을 벌였던 이답게 세 왕자의 실상을 정확하게 파악하고 있었다.

　"후유!"

　한숨이 나왔다. 어떻게 된 것이 셋이나 되는 왕자 중 군왕의 자질을 갖춘 이가 없었다.

　"제기랄!"

　퍼슨이 나직이 욕설을 뱉었다. 이런 상황에서도 왕국을 제대로 이끌 군주의 재목이 없다는 사실이 너무 답답하고 화가 난 것이다.

　"그런데 우리가 굳이 전공을 인정받을 필요가 있을까?"

　가온의 말에 대원들의 눈이 커졌다.

"그게 무슨 의미인지 알려 주세요."

나디아가 눈을 빛내며 물었다.

"우리가 던전에 들어온 목적은 사냥을 통해서 강해지는 동시에 전리품을 챙기기 위해서지 전공을 인정받으려는 것이 아니란 말이지."

가온의 말에 기존 대원들이 고개를 끄덕였다.

"그럼 독자적으로 움직이자고요?"

"안 될 이유가 있나?"

"우리 전력으로는 던전을 클리어하는 것은 불가능해요."

가온도 온 클랜의 전력으로 정보 던전을 클리어하는 건 불가능에 가깝다는 사실은 잘 알고 있었다.

하지만 예지몽을 생각하면 이 던전은 분명히 클리어된다. 그것도 그리 오래 걸리지 않아서.

그러니 공적을 최대로 쌓아서 더 많은 명예 포인트를 획득하는 것이 최선이다. 그 과정에서 돈을 벌 수 있으면 더 좋고.

"그러니까 어느 한 곳에 소속되지 않고 의뢰를 받아서 수행하는 방식으로 움직이면 어떨까 싶어."

프리랜서로 뛰겠다는 얘기다. 지구와 달리 도저히 이해할 수 없는 특권의식을 가지고 있는 왕자들에게 잘 보이고 싶은 생각은 없었다.

"그러면 저희들도 편하기는 한데 대장님이 이 던전에 들어온 목적 중 하나는 나크 훈 기사님을 만나기 위해서가 아닌가요?"

"스승님은 몰래 만나 뵈어도 돼."

"그, 그게 가능하다고요?"

"뭐 안 될 것이 있나?"

자신감이 드러나는 가온의 말에 나디아는 당황한 얼굴로 눈만 끔뻑였다. 그녀가 파악하고 있는 1왕자군의 전력을 생각하면 몰래 숨어 들어가서 한 사람을 만나고 오는 일은 불가능에 가까웠기 때문이다.

"제 생각에도 세 왕자와 엮이는 건 좋지 않을 것 같습니다. 우리의 목표는 사냥을 하는 과정에서 실력을 올리고 던전을 클리어하는 것이지, 세 왕자 중 하나를 도우려고 이곳에 들어온 것은 아니니까요."

"제 생각도 같습니다."

먼저 마론과 퍼슨이 가온의 의견을 지지했다. 그러자 다른 대원들도 다투어 동의를 표했다.

"흐음. 생각해 보니 굳이 어느 한쪽 진영에 합류할 필요가 없긴 하네요. 행정관들이 하도 집요하게 설득을 하는 바람에 사고가 거기에 갇혔어요."

그렇게 말하는 나디아의 얼굴은 왠지 후련해 보였다.

"그래도 일단 사스 산맥의 초입까지는 가야 하니까 경계를 풀지는 말도록 하지요. 퍼슨과 스톤이 정찰을, 내가 후위를 맡도록 하고 나머지는 마법사들과 정령사들을 보호하는 진

형으로 움직이도록 합시다."

　그래도 말을 데리고 들어왔으니 이동 시간은 많이 단축할 수 있을 것이다. 던전 자체가 전체적으로 산악 지형이기는 하지만 본격적으로 사스 산맥이 시작되는 곳까지는 그래도 말이 충분히 달릴 수 있으니 말이다.

사스 산맥으로 가는 길

온 클랜은 지도에 표시된 대로 토벌군의 행로를 따라 이동했다.

그런데 앞서 지나간 토벌군이 처리를 했다고는 해도 워낙 광활한 곳이라서 그런지 곳곳에서 다양한 마수들과 몬스터들이 튀어나왔다.

사스 산맥은 리치를 포함한 세 보스가 장악하고 있는 상황이었지만, 그 밖의 지역은 토벌군이 지나갔음에도 불구하고 많은 마수들과 몬스터들이 서식하고 있었다.

가온 일행은 라비테르온 백작이 선물한 지도의 덕을 톡톡히 봤다. 지도에는 토벌군이 맞닥뜨린 마수들과 몬스터들의 서식지가 정확하게 기록되어 있었다.

수가 많고 끝까지 공격해 온 놈들은 전멸을 시켰지만, 대부분 습격을 했다가 꼬리를 말고 도망쳤기에 지도는 큰 도움이 되었다.

　놈들은 수가 많은 토벌군의 기세를 보고 죽은 듯 숨어 있거나 도망을 쳤지만. 채 이십 명도 되지 않는 온 클랜은 만만하게 생각했는지 보는 족족 덤벼들었다.

　가온은 발이 느린 상대의 경우 말을 전력 질주하게 하면 피할 수 있음에도 굳이 일일이 상대하기로 했다.

　내상에서 회복된 지 얼마 안 되는 정보 길드 출신의 네 대원은 물론 기존 대원들에게도 실전 경험을 쌓게 해 주려는 의도였다.

　위험할 일은 없었다. 하늘 위에서 지켜보면서 위험한 순간에는 언제든 마나탄을 날릴 준비를 하고 있으니 말이다.

　현재 가온을 제외한 온 클랜의 전력으로도 트롤 정도는 충분히 상대할 수 있었다.

　진일보한 마법사들의 속박 마법에 더해서 전 대원이 익힌 쾌보가 전력을 급상승시켰다.

　마수들과 몬스터들이 따라잡지 못할 정도로 빠르게 이동하면서 가하는 공격과 시간이 갈수록 톱니바퀴처럼 잘 맞아 돌아가는 합격에 마수들과 몬스터들은 말 그래도 녹아 버렸다.

　그래도 가장 위험한 존재는 100마리 이상 몰려다니는 울프 종류였다.

하지만 울프들도 온 클랜의 발길을 오래 붙잡을 수는 없었다. 대원들이 원진을 형성하고 사방에서 공격을 가하는 울프들을 상대하는 사이에 가온이 하늘에서 쏟아지는 마나탄 공격에 빠르게 정리가 되어 버린 것이다.

그렇다고 가온이 마나탄을 남발한 것은 아니다. 대원들에게 위험할 수 있는 개체들만 골라서 제거하는 데 그쳤다.

온 클랜원들은 전력을 다해야 겨우 물리치거나 사냥에 성공할 수 있었다. 그래야 실전을 통해 대원들의 능력이 조금씩 올라가기 때문에 가온이 세 정령과 함께 전투를 조율하는 것이다.

온 클랜은 자이언트 앤트를 시작으로 그린 웜, 변종 울프, 변종 거대 멧돼지, 킬러비와 같은 마수들은 물론 고블린과 오크 그리고 트롤까지 차례로 조우했고 전력을 다해서 사냥했다.

의외로 가장 위험했던 상대는 변이한 킬러비였다. 지금까지 잘 싸워 온 대원들이었지만 킬러비를 상대할 때만은 무력하기만 했다.

지구에서는 땅벌이라고 부르는 벌의 변종인 킬러비는 거대한 군집을 이루는데, 지독한 공격성을 가지고 있으며 독침한 방만 쏘여도 정신을 잃을 정도로 강력한 독을 가지고 있었다.

킬러비는 몸집은 작지만 한꺼번에 수천수만 마리가 동시

에 달려들기 때문에 검과 같은 무기로는 해치우기 힘들었다. 도망가는 것이 최선이었다.

하지만 킬러비의 서식지를 피해서 이동하는 건 불가능했다. 던전의 지도에는 아예 표시가 되어 있지 않았던 것이다.

땅속에서 사는 킬러비는 진동을 통해서 벌집 가까이 접근하는 동물을 감지하는데, 숫자가 만만할 경우 일정 거리 안에 들어오면 모조리 몰려나와서 한꺼번에 상대를 공격하는 습성이 있었다.

덕분에 킬러비를 만났을 때는 마론과 헤븐힐 그리고 매디와 바로가 중첩해서 생성한 실드 안에서 대원들이 꼼짝 않고 버티는 사이에 가온이 홀로 상대해야만 했다.

독 내성이 높은 가온은 킬러비의 독침에 쏘여도 별 영향을 받지 않았고, 이 기회에 쾌검에 능숙해지려는 의도가 있었기 때문에 검으로 놈들을 상대하려는 것이다.

다행히 훈 검술은 찌르기보다 베기에 특화되어 있어서 빠르게 베는 것이 가능했다.

가온은 수천수만 마리의 킬러비가 달려드는 상황에서도 당황하지 않고 빙글빙글 돌면서 흑검을 훈 검술 중 베기 초식을 연결해서 빠르게 펼치는 데 주력했다.

등급이 올라간 훈 검술은 본래 호흡과 일치시켜야 하기 때문에 서른두 호흡에 모든 초식을 펼치는 것이 정석이었지만,

지금은 오로지 빠르게 펼치는 데에만 중점을 두고 펼쳤다.

굳이 독 내성이 아니더라도 킬러비에게 쏘일 염려는 아예 하지 않았다. 메탈 속옷도 입은 상태였고 무엇보다 파르가 피부 위에 덧씌워져 있었다.

가온이 무아지경에 빠져들자 눈이 멀 것 같은 휘황한 빛을 뿜어내고 있는 흑검의 속도는 시간이 갈수록 빨라졌다.

어느 순간, 가온은 한 호흡에 훈 검술을 모두 펼칠 수가 있게 되었다.

그때 실드 안에서 가온이 킬러비를 상대하는 모습을 지켜보던 대원들은 경악하고 말았다.

"대장이 안 보여!"

"대체 얼마나 검이 빠르기에 검영(劍影)이 대장의 몸을 가릴 수 있는 거지?"

검이 얼마나 빠른지 어느 순간부터는 흑검이 보이지 않고 대신 그의 몸을 검은 장막이 가리고 있었다.

"저건 소드 커튼!"

타람이 경악한 얼굴로 외쳤다.

인간을 초월하는 능력을 가졌다는 소드 마스터들이 펼칠 수 있다는 소드 커튼이 확실했다. 검으로 만든 일종의 막으로 그 어떤 공격도 막을 수 있다는 소드 커튼이 맞았다.

가온은 소드 커튼을 유지하면서 천천히 실드에서 멀어졌다.

후드드.

어느새 가온이 움직이는 주위에는 황갈색 몸통을 가진 킬러비의 절단된 사체들이 발목 높이까지 쌓이기 시작했다.

그렇게 소드 커튼을 펼친 상태에서 실드 주위를 돌기 시작한 지 5분여가 지나자 더 이상 가온을 향해 날아오는 킬러비는 없었다. 대략 30평방미터를 가득 채웠던 킬러비가 모두 사라진 것이다.

─오빠, 그만해요!

무아지경에 빠져 있던 가온은 벼리의 의념에 간신히 정신을 차리고 흑검을 거두었다.

몸이 무거워서 상태를 확인해 보니 얼마나 힘을 썼는지 체력도 바닥이었지만 마나를 포함한 에너지들도 바닥을 드러내고 있었다.

'킬러비는 다 죽은 건가?'

─네. 더 이상은 없어요.

'다행이네.'

그때 전혀 기대하지 않았던 안내음이 들렸다.

'대박!'

가온의 얼굴이 환해졌다.

─소드 커튼 스킬이 생성되었습니다!

안내음을 듣고 다급하게 스킬 창을 확인해 보니 과연 소드 커튼 스킬이 등록되어 있었는데, 무려 A등급에 벌써 2레벨이 되어 있었다.

'이 스킬은 킬러비가 아니라 사방에서 쏟아지는 화살과 같은 투사체 공격을 감당해야 할 때 유용하겠어.'

가온은 자신의 능력만으로 새로운 스킬을 생성했다는 데에 큰 의미를 두었다.

가온이 뿌듯해하는 사이에 녹스와 앙헬이 나와서 전리품을 챙기고 있었다.

녹스는 킬러비의 사체에서 독을 추출하고 있었고 앙헬은 땅속에 있는 거대한 벌집을 수색했다.

─주인님, 꿀이 있어요!

'정말?'

땅벌의 변종임을 생각하면 킬러비의 먹이는 달콤한 과일이나 작은 곤충이다. 그러니 킬러비가 꿀을 모은다는 사실은 너무 뜬금이 없었다. 지구에서 땅벌의 집은 한약재로 쓰지만 꿀을 모으지는 않는 것이다.

─자세히 보니 꿀이 아니라 로열젤리인 것 같은데 강력한 약성을 가지고 있어요.

'어떤 약성을 가졌다는 거야?'

그때 자신의 할 일을 마치고 앙헬이 있는 벌집으로 이동한 녹스가 의념을 보내왔다.

―세포의 이상 현상을 바로잡는 효과가 있어서 다양한 염증성 질환에 특효가 있어. 무엇보다 어지간한 염증은 순식간에 없애 버릴 정도로 강력해. 심지어 인간들이 가장 두려워하는 암에도 잘 들어.

암에 효과가 있다니 참으로 대단했다. 암은 중상급 포션으로도 완전하게 치료가 되지 않고, 재발하기 일쑤라서 지구는 물론 이 탄 세계에서도 굉장히 위험한 질병인데 특효가 있다니 꼭 챙겨야겠다.

가온은 앙헬로 하여금 땅벌의 로열젤리를 가지고 오게 했는데, 누르스름한 반고체로 크기는 손바닥 두 개 정도에 해당했다.

일단 그것을 챙기자 비로소 실드를 거둔 대원들이 다가왔다.

"대장님, 혹시 소드 마스터가 되신 겁니까?"

루크가 마른침을 삼키며 말했다.

검기 완숙자인 그는 소드 커튼을 완벽하게 펼치려면 마나도 마나지만 지구력이나 근력 등에서 인간의 한계를 초월해야 한다고 알고 있었다.

"오러 블레이드는 진즉에 만들 수 있었습니다만 소드 마스터인지는 확실하지 않습니다."

가온은 흑검에 마나를 주입해서 선명한 형체를 갖춘 오러 블레이드를 만들어 냈다. 흑검의 검첨과 연결이 된 오러 블레이드는 팔뚝 길이로 영락없는 검의 형상이었다.

"오오오!"

"정말 오러 블레이드야!"

오러 블레이드를 직접 본 대원들은 탄성을 지르거나 입을 떡 벌렸다.

"소, 소드 마스터!"

이미 전에 오러 블레이드를 견식한 바가 있는 루크가 그렇게 확신했으니 더 이상 확인할 필요가 없었다.

"그렇게 흥분할 일이 아닙니다. 이제 겨우 초입에 도달한 겁니다."

본인이 검사의 꿈인 오러 블레이드를 생성하고도 덤덤하기만 한 가온을 보는 나디아의 머리는 빠르게 회전했다.

'이렇게 되면 대장님이 말씀하신 대로 굳이 세 왕자에게 보상을 바라고 합류할 필요가 없겠네!'

이런 실력을 가지고도 기사로 서임받지 않는 가온이 권력이나 명예를 탐할 리는 없었다. 달리 바라는 것이 있어서 기사 서임을 받지 않은 것이다.

'그렇다고 돈을 목적으로 하는 것도 아니야. 그래! 대장님에게는 자신의 실력을 높여 줄 수 있는 상대와의 싸움이 중요한 거야! 돈은 부차적인 것이고!'

그러려면 어딘가에 소속되면 안 된다. 일단 소속이 생기면 어떤 식으로든 부림을 당할 수밖에 없었고 실력을 높여 줄 실전 경험을 할 수 있는 기회가 확 줄어든다.

'그럼 우리는 용병대라는 이름에 맞게 행동하면 돼. 던전 클리어에 높은 공적을 세워서 명예 포인트를 얻는 거야!'

거기에 던전의 클리어에는 차원 통로도 걸려 있다.

그녀가 아는 정보대로라면 통로 너머의 세상은 이곳의 마수들이나 몬스터들보다 더 강력한 존재들이 들끓을 것이다.

지금까지의 행적을 보면 기발한 전술과 전략을 사용하기는 했지만 기본적으로 오우거도 홀로 사냥할 수 있는 실력을 가진 가온이라면 이곳보다 그쪽 세상이 더 적합할 것이다.

'강해지는 것에 큰 관심이 있는 대장님은 틀림없이 차원을 건너가려고 할 거야. 그러니 대장님을 따르려면 우리도 치열하게 노력해야 해!'

다른 대원들은 몰라도 그녀를 포함한 정보 길드 출신들은 이미 가온을 평생 주군으로 모시기로 마음을 먹었다. 그러니 가온이 설혹 마계로 간다고 해도 뒤따를 것이다.

끝까지 가온을 수행하려면 자신들의 실력을 올리는 것이 급선무였다.

하지만 사냥 성과에 따라서 레벨이 자동적으로 올라가는 이계인들과 달리 자신들은 영약, 스킬, 수련 그리고 실전을 통해서만 실력을 높일 수 있다.

하지만 다른 방안이 나타났다. 그건 바로 갓상점의 존재였다.

이미 갓상점을 사용해 본 라이라에게 듣기로 갓상점에서는 거의 모든 것을 명예 포인트로 구입할 수 있다고 했다. 특히 귀족, 그것도 영주의 후예가 아닌 자신들이 영약과 스킬을 얻으려면 반드시 갓상점을 이용할 수 있는 자격을 얻어야만 했다.

던전에 들어오기 전까지 그녀가 수집한 정보에 따르면 일정 등급 이상의 던전을 클리어하면 공헌도에 따라서 갓상점에 접속할 수 있는 자격과 명예 포인트를 획득할 수 있었다.

또한 던전 클리어에 따른 보상은 공헌도에 따라서 달라진다. 그리고 이런 위험한 던전을 클리어하면 거의 100%로 갓상점을 이용하는 데 필수적인 명예 포인트를 얻을 수 있을 것이다.

나디아의 생각은 곧 대원들에게 흘러갔고 다들 그게 맞는다고 생각했다.

사스 산맥의 엘프족

보름 후, 온 클랜은 무사히 사스 산맥의 초입에 도착할 수 있었다.

이제 경로를 선택해야만 한다. 직진해서 보이는 거대한 산을 오르면 1왕자 측, 좌측의 울창한 수림으로 향하면 2왕자 측이, 마지막으로 황무지 쪽에는 3왕자 측이 기다리고 있었다.

"그동안 고생했습니다. 여러분은 내가 스승님을 만나 뵙고 차원석과 보스의 동태를 살피고 오는 동안 이곳에서 쉬고 계십니다."

"지금 움직이시려고요?"

퍼슨이 물었다.

"그렇습니다."

"얼마나 걸릴까요?"

사실 밤에는 안전텐트 덕분에 푹 쉴 수 있지만 플레이어들이 접속해 있는 동안은 그야말로 강행군을 했다.

하루에도 마수와 몬스터를 네다섯 번 정도 상대해야 했고 숨을 돌리기가 무섭게 말을 달려야만 했으니 말이다.

그래서 쉰다는 말에 대원들이 반색을 하는 것이다.

"최대 이틀 정도면 될 겁니다."

3천여 명이나 되는 1왕자 측 토벌대가 지나간 길이라서 어느 정도 정리가 되어 있기는 했지만, 경사가 꽤 높은 산들을 오르내려야 하기 때문에 고원까지 가려면 하루 정도는 걸리겠지만 날아가면 채 1시간도 안 걸린다.

"조금 있으면 날이 어두워질 테니 일단 숙영지부터 만듭시다! 내가 스톤이랑 주위를 살펴보고 오겠습니다."

발이 가장 빠른 퍼슨이 나서자 스톤이 말없이 그를 따랐다.

세 왕자가 이끄는 9천에 가까운 대군이 머물렀던 곳이라서 주위에 별다른 위험이 없을 것 같기는 했지만, 시간이 어느 정도 경과한 만큼 그래도 확인은 필수였다.

나머지는 흩어져서 숙영지로 알맞은 장소를 찾았는데 얼마 지나지 않아서 적당한 곳이 나타났다.

먹어도 좋을 만큼 맑고 깨끗한 물이 흐르는 개울과 가까운 거목 몇 그루가 만들어 낸 장소였다.

로에니에게 안전텐트를 내준 가온은 따로 인사나 당부를 하지 않고 바로 자리를 떴다.

은신한 상태로 투명날개를 사용해서 하늘로 날아오른 가온은 새삼 던전의 크기에 감탄했다.

'압도적이네.'

이렇게 하늘에서 내려다보니 완전히 다른 세상이라고 해도 될 정도로 던전의 크기가 어마어마했다.

알카스 소산맥과 비견되는 크기를 가진 산맥까지 던전 안에 있을 정도였다.

더욱 높이 올라간 가온이 기류를 타고 1시간 정도 날아가자 눈앞에 거대한 고산 고원이 나타났다.

'엄청 나네!'

수도의 두 배 정도는 될 것 같은 거대한 고원을 자세히 살펴보던 가온은 1왕자 진영을 발견할 수 있었다.

'고원의 입구 쪽까지 물러났네.'

본래 풀과 나무가 자라고 있어야 자연스러울 고원은 거무죽죽한 황무지였고, 1왕자 진영의 반대쪽에는 가까이 가기가 부담스러울 정도로 강한 죽음의 기운이 몰려 있었다.

'저기에 리치 네크로맨서가 있겠네.'

나디아에게 들은 1왕자 측 전력은 막강했다. 소드 마스터만 두 명에 검기를 사용할 수 있는 기사와 정예병이 무려 400명에 달한다.

다른 병사들도 신강을 넘어 마나로 검을 강화시키는 경지였다.

거기에 마법사와 사제가 100여 명에 달하니 정말 정예라고 할 수 있었다.

하지만 지금은 보이지 않는 죽음의 군단에 비하면 열세일 수밖에 없었다.

리치가 이끄는 죽음의 군단이 10만이 넘는다고 했던가.

'그 정도 숫자에 리치와 데스나이트까지 있다면 밀고 나가는 건 불가능에 가까울 테지.'

성물이나 성수도 부족하고 추가 보급도 원활하지 않으니 인간 측이 수세에 빠질 수밖에 없었다.

가온이 보기에는 세 왕자가 경쟁할 것이 아니라 힘을 합쳐도 리치가 이끄는 죽음의 군단을 격파할까 말까 한 위태로운 상황이다.

'국왕 자리가 걸렸으니 힘을 합할 리가 없지. 상대를 믿을 수가 없을 테니까.'

그동안 플레이어가 아니라 탄 대륙인처럼 어나더 문두스를 플레이하면서 귀족을 꽤 많이 만난 가온은 귀족가의 형제들은 서로를 피를 나눈 형제가 아니라 경쟁자로 생각하고 성장한다는 사실을 알게 되었다.

더욱이 막강한 권력을 휘두를 수 있는 왕위가 걸렸으니 왕자들이 힘을 합할 가능성은 거의 없었다. 더구나 능력이 고만고만하니 더욱 그랬다.

던전 브레이크가 발생할 경우를 생각하면 참으로 답답한 상황이지만 그들로서도 어쩔 수 없었다. 자신의 안위만 달린 것이 아니라 자신을 따르는 이들의 안위와 권력이 달려 있던 것이다.

'예지몽에서는 어떻게 이 던전이 클리어된 걸까?'

아무리 생각해도 수수께끼였다.

가온은 아직 해가 지기 전이라서 내려갈 생각은 포기했다. 죽음의 군단과 대치하고 있는 상황이기 때문에 자신이 아무리 은신 상태를 유지한다고 하더라도 소드 마스터 정도면 얼마든지 그의 기척을 감지할 수 있었다.

가온은 잠시 고민을 하다가 먼저 사스 산맥 전체를 둘러보기로 했다.

하지만 이미 사위가 어두워지고 있었다.

1왕자군의 숙영지에 10분 정도 떨어진 곳으로 날아간 가온이 카오스에게 부탁을 하니 지하에 적당한 은신처를 만들었다.

가온은 그곳에서 연공을 하며 시간을 보내다가 잠을 청했다.

다음 날 새벽, 던전의 하늘 끝까지 상승한 상태로 울창한 산림으로 이루어진 사스 산맥을 따라 쭉 날아가던 가온의 얼굴은 딱딱하게 굳었다.

'고원이 특히 심하지만 산맥 전체가 죽음의 기운으로 가득해!'

원인은 알 수 없지만 이 거대한 산맥 전체가 마치 죽은 것처럼 불길하고 위험한 기운에 잠식되어 있었다.

푸르러야 할 나무들은 고사목들처럼 말라 죽어 있었고 살아 있는 동물이 전혀 보이지 않았다.

그렇게 굳은 얼굴로 아래쪽을 유심히 살펴보면서 오후 늦게까지 산맥 끝을 향해 날아가던 가온은 눈을 의심하는 광경을 목격했다.

'사람?'

누군가 인위적으로 벌채를 한 것처럼 벌거숭이가 된 산등성이에서 워베어로 보이는 마수를 사냥하고 있는 존재들은 틀림없는 사람이었다.

'던전에는 마수나 몬스터가 서식하니 인간이 있는 것도 크게 이상하진 않는데 좀 신기하네.'

토벌군은 분명히 아니다. 이곳은 고원에서도 꽤 멀리 떨어져 있었다.

던전 경험이 있는 마론이나 퍼슨 그리고 타람 남매에게서 던전에 인간이 산다는 말은 한 번도 듣지 못했다.

강한 호기심이 생긴 가온은 빠르게 아래로 내려갔다.

역시 인간이 맞았지만 가온이 예상한 인간은 아니었다.

'엘프?'

비단숲 일족과 달리 그들은 순혈 엘프가 확실해 보였다.

뼈에 거죽만 씌운 정도는 아니지만 지구의 연예인들을 연상시킬 정도로 마른 몸에 큰 키, 허리까지 내려오는 긴 은색 머리칼, 길쭉한 팔다리.

인간이라기보다는 요정으로 보일 정도로 뛰어난 미모를 가진 엘프들이 빠르게 이동하면서 워베어를 향해 정확하게 화살을 쏘아 대고 있었다.

세 명의 엘프는 벌목한 나무의 그루터기를 발판으로 삼아서 빠르게 이동하면서 연신 화살을 날리고 있었는데, 놀랍게도 마나가 주입되어 워베어의 두꺼운 가죽을 뚫고 박히고 있었다.

하지만 그렇다고 워베어가 일방적으로 당하는 것은 아니었다.

긴 털과 질긴 가죽 덕분에 마나가 주입된 화살이라고는 해도 깊이 박히지도 않았고 피가 많이 나오지도 않았다.

엘프들이 오히려 위험했다. 워베어는 한 팔을 들어서 날아오는 화살로부터 눈을 가린 채 엘프들을 향해서 연신 무언가를 던지고 있었다.

그건 바로 잘린 나뭇가지나 돌이었는데 벌채를 한 지 오래

되지 않았는지 바닥에는 던질 것들이 엄청 많았다. 힘도 좋아서 공기를 가르는 파공성도 아주 요란했다.

그래서 비록 엘프들이 블링크 마법을 쓰는 것이 아닌가 의심할 정도로 빠르게 이동하고 있지만 상황은 그리 좋지 않았다.

'왜 정령을 소환하지 않는 거지?'

정령을 소환한다면 전투에 큰 도움이 될 텐데 엘프들은 오직 빠르게 움직이면서 화살을 날리기만 했다.

그러다가 엘프 한 명이 위험한 상황에 처했다.

워베어가 마구잡이로 던지는 돌에 그만 맞아 버린 것이다. 자신의 속도를 제대로 제어하지 못한 것 같았다.

"큭!"

비명과 함께 쓰러진 엘프는 금방 다시 일어나기는 했지만 한쪽 허벅지를 부여잡으며 다시 주저앉은 것을 보니 제대로 맞아서 뼈나 근육이 상한 것 같았다.

그 모습을 본 워베어가 기쁨의 괴성을 지르며 그 엘프에게로 돌진했다. 물론 눈을 가리고 있는 팔의 위치는 그대로였다.

두 엘프는 더 이상 이동하지 못하고 연신 일어나려고 애를 쓰는 동료 곁에 서서 화살을 쏘는 데 집중했다.

결국 워베어는 금방 엘프들이 있는 곳에 도착했는데 마나가 주입된 화살에 몇십 발이나 몸에 꽂혔지만 멀쩡했다. 그만큼 놈의 가죽이 단단했다.

결국 화살을 쏘는 것을 포기하고 양쪽에서 동료를 부축한 채 도망을 치기로 결정한 엘프들의 얼굴이 파랗게 질렸다.

자신들의 화살로는 워베어의 목숨을 끊을 수 없다는 사실을 이제야 깨달은 것이다.

"쯔쯧!"

가온은 혀를 찼다. 상황 파악이 느린 것을 보니 사냥 경험이 별로 없는 젊은 엘프들인 것 같았다.

상황이 급박하게 돌아가자 엘프들 쪽으로 하강을 하던 가온은 워베어의 압도적인 몸집을 확인하고 눈살을 찌푸렸다.

'변종이네.'

자신이 플레이 초반에 사냥했던 워베어에 비해 덩치가 거의 배에 가까웠다.

'어떻게 한다?'

엘프들이 위험했다.

두 엘프가 허벅지 근육이 상할 정도로 큰 타격을 받은 동료를 양쪽에서 부축하고 달아나기 시작했지만 워베어에게 따라잡히는 건 순식간이다.

결국 가온은 손을 쓰기로 했다.

'아무리 강한 워베어라도 내 기척을 감지하지 못했다면

쉽지!'

가온은 아공간에서 창 한 자루를 꺼내 마나를 주입한 후 워베어를 향해 곧장 날아 내리면서 창을 던졌다.

푹!

대거와 비슷할 정도로 길고 날카로운 손톱으로 다친 엘프의 목덜미를 막 움켜쥐려던 워베어의 몸이 갑자기 벼락에라도 맞은 것처럼 부르르 떨면서 멈추었다.

도망을 치던 세 엘프는 뒤에서 기척이 느껴지지 않자 이상한 듯 뒤를 돌아보았다.

"헉!"

놀랍게도 워베어가 한 발을 앞으로 내딛고 손을 앞으로 뻗은 자세로 땅에 뿌리박힌 듯 꼼짝도 하지 않았다.

그 모습에도 뒷걸음질을 치던 엘프들이 어느 순간 발을 멈추었다.

잠시 후 두 엘프 중 한 명이 동료의 몸에서 손을 떼고 슬금슬금 워베어를 향해 접근했다.

그리고 그제야 빛이 사라진 워베어의 눈과 정수리 위에 삐죽 드러난 창의 자루 부분 그리고 그 부위에서 흘러나오는 피를 보고 깜짝 놀랐다.

"누군가 창을 던져서 워베어를 죽였어!"

엘프들은 주위를 둘러보다가 마지막으로 하늘을 쳐다보았다.

창이 위에서 아래로 내리꽂혀 있었다는 사실을 그제야 깨달은 것이다.

그때 가온이 은신을 해제했다.

"인간이다!"

"인간이 날고 있어!"

두 엘프는 반사적으로 한군데로 모이더니 가온을 향해 화살을 건 시위를 당겼다.

하지만 가온은 날아오는 화살을 팔을 가볍게 휘둘러 쳐 내면서 천천히 그들 곁으로 날아 내렸다.

"숲의 일족이군요. 안녕하십니까."

다행히 어나더 문두스의 뛰어난 시스템 덕분인지 엘프들이 다른 언어를 사용하고 있음에도 다 알아들을 수 있으니 그들 역시 마찬가지일 것이다.

"누, 누구?"

당황한 엘프들은 서로를 쳐다보다가 한 명이 겨우 입을 열어서 물었다.

"나는 외부에서 들어온 인간, 온 훈이라고 합니다."

"외부요? 정말 외부에서 들어왔습니까? 이 갇힌 공간이 아니라 바깥에서 말이에요?"

"그렇습니다."

"그런데 언데드와 마핀 그리고 자이언트 웜들을 어떻……아! 날아서 오셨군요!"

이들도 지금 토벌군을 가로막고 있는 언데드와 거대 유인원 그리고 자이언트 웜의 존재를 알고 있었다.

"맞습니다."

"그건 아이템입니까?"

가온이 의지로 모습을 드러낸 투명날개를 본 한 엘프가 물었다.

"그렇습니다. 아! 소개부터 다시 해야겠군요. 바깥세상에서 용병대를 이끌고 있는 온 훈이라고 합니다."

"인사가 늦었네요. 구해 주셔서 감사해요. 저희는 새벽이슬 부족의 전사들이에요. 저는 에르랑이고 이쪽은 누커스, 그리고 다리를 다친 저쪽은 마망이라고 해요."

세 엘프는 예의를 모르는 것이 아닌지 진심이 느껴지는 인사를 해 왔다.

"여러분은 언제부터 이곳에서 살고 계신 겁니까?"

"저희는 이곳에서 700년이 넘게 살아왔어요. 그런데 최근 세상의 경계가 바뀌더니 더 이상 해와 달을 제대로 볼 수 없게 되었고, 죽음의 기운이 빠르게 확산되고 있어요. 혹시 저희 세상에 무슨 일이 벌어졌는지 아시나요?"

에르랑은 자신들이 700년이 넘게 살아왔던 공간이 갑자기 다른 세상으로 변한 사실을 명확하게 인지하고 있었지만, 그 이유는 알지 못하는 것 같았다.

"그건 저도 잘 모르겠습니다. 제가 말씀드릴 수 있는 건 여러분이 살고 있는 이 거대한 공간이 어느 날 갑자기 우리 세상에 나타났다는 겁니다."

"어, 어떻게 그런 일이? 그럼 이곳은 다른 세상인 건가?"

에르랑은 이해할 수 없다는 얼굴로 중얼거렸다.

"그렇지만 우리 세상에서도 이곳으로 들어오려면 게이트라고 부르는 문을 통과해야 합니다. 우리는 이렇게 갑자기 나타난 공간을 던전이라고 부르는데 안에는 대개 마수들과 몬스터들이 서식하고 있어서 정리를 해야만 안에 있던 위험한 존재들이 밖으로 나오는 것을 막을 수 있습니다."

"그럼 지금 그대가 이곳에 들어온 것도 이 공간을 없애기 위해서군요?"

"맞습니다. 우리는 그걸 던전을 클리어한다고 합니다."

"혹시 당신들이 던전이라고 부르는 이런 공간에 대해서 더 자세히 말씀해 주실 수 있나요?"

"물론 말해 드릴 수 있습니다. 그런데 그 전에 동료를 치료해야 하지 않을까요?"

"아!"

그제야 에르랑은 다친 마망의 상태를 떠올리고 미안한 얼굴로 그쪽을 쳐다봤다.

"마망, 상태가 어때?"

"워베어가 던진 돌조각에 맞아서 허벅지 근육이 파열되고 뼈가 부러진 것 같아요."

마망이라는 엘프는 그렇게 대답하곤 고통이 심한 모양인지 오만상을 쓰고 있었다.

"빨리 마을로 돌아가야겠어요. 장로님이라면 금방 치료해 주실 거예요. 저희와 함께 가지 않으실래요?"

이들의 존재가 궁금했던 마당이니 당연히 받아들이기로 했다.

"일단 제가 먼저 가볍게 치료를 하겠습니다."

"검을 차고 있는 것으로 봐서는 검사로 보이는데 치료술까지 익히셨나요?"

"용병 일을 하려면 어쩔 수 없이 익혀야만 했습니다."

"아! 용병이셨구나."

자신과 같은 인간이나 용병을 아는 것으로 보아 이들이 살던 차원은 탄 차원과 비슷한 것 같았다.

"마망이라고 하셨지요. 잠깐 상처 부위를 내게 보여 주시겠습니까?"

마망이라는 엘프는 다른 두 엘프보다 나이가 어린지 둘을 쳐다보더니 마른침을 삼키며 가온 앞에 다리를 조심스럽게 내밀었다.

처음에는 분간을 못 하겠더니 이젠 좀 알아보겠다.

자신과 인사를 나눈 엘프인 에르랑은 여성으로 가장 나이가 많은 것 같았고 누커스는 남성 엘프로 과묵한 성격으로 보였다.

마지막으로 부상을 당한 마망은 가장 어린 엘프로 여성이었다.

'정말 비단숲 일족과는 외모부터 크게 차이가 나네.'

셋 다 마른 체형에 질끈 묶은 긴 머리칼을 가지고 있었고 가슴의 융기를 거의 느낄 수 없어서 성별이 뭔지조차 헷갈렸는데 자세히 보니 알아볼 수는 있었다.

"홀리 큐어!"

가온은 녹스를 불러내어 치료를 하려다가 이들이 정령을 소환하지 않았다는 사실을 떠올리고 혹시 놀랄까 봐 신성 마법을 사용했다.

성스러운 푸른 빛이 가온의 손에서 나와 상처 부위를 스며들자 고통에 식은땀을 흘리던 마망의 얼굴이 대번에 편안해졌다.

홀리 큐어는 신성 마법이라서 세포 단위까지 스며들어서 재생력을 극대화시키고 상태를 원래대로 돌리는 효과가 있었기 때문에 세 번을 연속해서 펼치자 근육은 물론 뼈까지 제대로 붙었다.

"무리만 하지 않으면 곧 나을 겁니다."

"고맙습니다!"

마망은 조심스럽게 걸어 보더니 활짝 웃으며 인사를 했는데 한쪽 볼에 패는 볼우물이 아주 귀여웠다.

"저희를 구해 주시고 이렇게 마망까지 치료해 주셔서 정말 감사합니다. 보답이라기에는 뭐하지만 저희 마을로 초대하고 싶어요. 원로님들도 던전이라는 것에 관심을 가지고 계실 테니 마다하지 않으실 거예요."

"이쪽 세상도 그렇지만 저희 세상에는 더 이상 순혈 엘프가 보이지 않아 궁금한 점이 많습니다. 그냥 하신 말이 아니라면 초대를 감사히 받아들이겠습니다."

"그냥 하는 말이 절대로 아닙니다! 그리고 구해 주셔서 감사합니다!"

돌아가는 상황을 지켜만 보고 있었던 누커스가 그렇게 말했다.

"그럼 가 볼까요? 아! 워베어를 사냥하던 중이셨는데, 따로 쓸 것이 있습니까?"

"네, 사냥을 나오긴 했지만 워베어가 목표는 아니었어요. 그래도 잡았으니 쓸개가 필요해요."

에르랑이 무척 미안한 얼굴로 말을 하다가 고개를 푹 숙였다. 면목이 없었기 때문이다.

하지만 가온은 에르랑의 태도와 관계없이 바로 워베어에게서 숙련된 솜씨로 마정석과 주머니 모양의 쓸개를 적출하더니 빈 유리병에 쓸개를 담아서 그녀에게 내밀었다.

"저, 정말 주시는 거예요?"

"필요하다면서요."

"감사해요!"

에르랑은 사냥은 고사하고 구함을 받은 자신들이 워베어의 쓸개를 받은 자격이 없다는 사실을 잘 알고 있었지만, 일족의 원로들이 간절하게 구하고 있는 희귀한 약재였기에 안면몰수하고 받아들였다.

'이렇게 되면 원로들께서도 이방인을 마을로 초대한 것에 대해서 아무 말도 못 하실 거야.'

자신들의 목숨을 구해 준 것과 외부 사정에 대해 말해 줄 수 있는 것에 더해서 일족이 오랫동안 구해 온 희귀 약재까지 구해 준 것이나 다름없으니 말이다.

마을로 가온을 안내하는 에르랑의 발걸음은 무척 가벼웠다.

엘프 마을은 생각보다 가까운 곳에 있었다. 걸어서 채 20분도 걸리지 않았다.

'호오!'

마치 동굴처럼 생긴 좁고 긴 협곡을 지나자 나타난 엘프 마을을 본 가온의 눈이 커졌다.

'절묘한 곳에 위치하고 있었네.'

엘프 마을은 한 면이 거의 수직인 절벽으로 이루어진 네 개의 산으로 둘러싸인 분지의 한쪽 구석에 있었다.

하늘에서나 볼 수 있는 분지는 아래쪽으로 내려갈수록 넓어졌다.

위에서는 죽어 가는 나무들로 이루어진 숲밖에 볼 수 없었지만 내려와 보니 바깥과는 달리 죽음의 기운은 느껴지지 않았다.

－세계수다!

갑자기 의념을 보내온 것은 모둔이었다.

'어디?'

－온 님이 보고 있는 숲은 실은 한 나무예요.

'정말?'

지구의 축구장을 생각하면 족히 열 개는 들어갈 수 있는 크기의 분지를 가득 채우고 있는 저 숲이 나무 한 그루에 불과하다니 믿기가 힘들었다.

－그런데 죽어 가고 있어요. 사방에서 침윤하고 있는 죽음의 기운 때문이에요. 죽음의 기운이 너무 강해요!

모둔의 의념에 자세히 보니 정말 나뭇가지들이 생기를 잃고 죽어 가고 있었다. 아래쪽을 제외하고는 나뭇잎은 다 떨어져서 거무죽죽하게 보이는 앙상한 가지들이 드러나 있었다.

"여기가 저희 일족이 사는 곳이에요."

에르랑이 슬픈 얼굴로 소개했다.

"좋은 곳인데 죽음의 기운 때문에 죽어 가고 있군요."

"아시네요. 신목 혼자라면 능히 버틸 수 있지만, 저희를 보호하느라고 힘을 너무 많이 쓰는 바람에 이젠 신목도 죽어 가고 있어서 저희 일족도 조만간 이곳을 떠나야 할 것 같아요."

"엘프들은 정말 신목을 통해 힘을 얻는 겁니까?"

왜 세 엘프가 정령을 소환하지 못했는지 궁금해서 그렇게 물었다.

"신목은 저희 일족의 근간입니다. 신목이 성하면 우리 일족도 번성하고 신목이 앓게 되면 저희 일족도 병이 들지요. 반대도 마찬가지입니다. 저희가 약해지면 신목도 약해집니다."

이번에는 에르랑이 아니라 누커스가 대답했는데 그의 말이 사실이라면 신목과 엘프는 공동운명체나 다름없었다.

"신목이 병들면 정령들도 불러내지 못하는 겁니까?"

"그건 죽음의 기운 때문입니다. 해와 달이 제 모습을 드러내지 않는 갇힌 세상으로 변하면서 신목은 물론 우리 일족도 죽음의 기운에 잠식되어 죽어 가고 있습니다. 신목은 물론 저희 일족도 죽음의 기운에 오염되면서 이제는 정령들을 소환하는 것도 어려워졌습니다. 그래도 얼마 전까지는 하급 정령들은 소환할 수 있었는데 이젠 그것도 불가능해졌습니다."

그 대답을 들은 가온은 어쩌면 엘프와 주로 계약을 하는 정령들은 죽음의 기운과 상극일 수도 있다고 생각했다.

가온과 계약한 자연정령들은 던전에 들어와서도 자연스

럽게 소환이 되었고 능력에 제한 없이 활동해 왔기 때문이다.

'혹시 너희들도 죽음의 기운에 영향을 받니?'

그래도 혹시 몰라서 정령들에게 물어봤다.

마누와 카오스는 특별한 변화가 없었고 녹스는 능력이 오히려 약간 올라갔다고 했으며 앙헬은 크게 올라갔다고 대답했다.

─저도 별반 이상한 점을 못 느끼겠어요.

모둔 역시 죽음의 기운에 특별한 반응을 보이지 않아서 내심 안도했다. 이제 막 소드 마스터가 되었지만 그가 발휘할 수 있는 능력에서 이들 다섯이 차지하는 비중이 상당했기 때문이다.

그때 세계수, 아니 신목으로 이루어진 숲에서 일단의 엘프 전사들이 나타났다.

'마나를 제대로 운용하는 자들이군.'

그렇다면 에르랑 일행은 제대로 된 전사가 아니라는 얘기다.

"시르네아 대전사장님!"

에르랑이 반색을 하며 외쳤다.

"너희들은 동쪽으로 약초를 캐러 갔다고 들었는데 벌써 돌아오는 것이냐? 어? 인간이다!"

체형은 비슷했지만 은색 머리칼을 늘어뜨리거나 묶은 다

른 엘프들과 달리 이마에 녹색 덩굴을 감은 엘프가 소리 쳤다.

순간 엘프 전사들은 빠르게 활을 들어 시위에 화살을 걸고 가온을 겨냥했다.

'호오! 반응이 엄청나게 빠르네. 과연 엘프워요. 그런데 저 여성 엘프 전사는 최소한 1급 기사의 실력을 가졌군.'

그렇게 엘프 전사들이 빠르게 시위에 건 화살은 순식간에 은은한 빛을 방출하고 있어서 모두 최소한 검광 완숙자로 보였다.

또한 외모만 보면 에르랑 일행보다 조금 더 나이가 들어 보이는 시르네아라는 여성 엘프는 풍기는 기도로 보아서 검기 완숙자 경지는 확실히 넘긴 것 같았다.

즉, 던전을 들어오기 이전의 가온과 비슷한 실력을 가지고 있었다.

"아! 경계하지 않으셔도 돼요! 저희를 워베어로부터 구해 주신 고마운 분이세요!"

시르네아라는 엘프가 외치기 무섭게 뒤로 물러나며 가온을 향해 화살이 걸린 시위를 당겼던 엘프들이 긴가민가하는 얼굴로 가온을 주시했다.

"에르랑의 말이 맞습니다. 워베어를 만나 싸우다가 죽기 일보 직전이었던 저희를 구해 주신 것도 모자라서 워베어를 사냥해서 쓸개까지 주신 분입니다. 세상 밖에서 들어왔다고 합니다."

"……세상 밖? 정말?"

누커스의 말에 시르네아를 포함한 엘프 전사들의 눈이 가온에게 쏠렸다.

"맞습니다. 우리는 우리 세상에 갑자기 생긴 이 새로운 공간을 던전이라고 부릅니다."

가온은 내친김에 던전에 대해서 개략적으로 설명을 해 주었다.

"그, 그러니까 우리가 있는 이 공간이 어느 날 한순간에 그대 세상에 나타났다는 말이에요?"

"그렇습니다. 던전은 대부분 마수나 몬스터 들만 있는데 이곳에서는 우리 세상에서는 더 이상 모습을 보이지 않는 엘프 일족을 보게 되어 저도 굉장히 놀라고 있습니다."

"……정말 놀랍군요. 혹시 원로님들에게 같은 내용을 말해 줄 수 있나요?"

"어려운 일은 아닙니다. 다만 일행이 있어서 그리 오래 시간을 내기는 힘듭니다."

"일행이라면 혹시 리치가 이끄는 죽음의 군단을 상대하고 있나요?"

엘프들은 현재 죽음의 군단과 대치하고 있는 1왕자군의 존재는 알고 있었다.

"그들과 일행은 아닙니다. 우리는 그들보다 훨씬 나중에 이곳에 들어왔습니다."

"아! 아무튼 마을로 가시죠. 우리 전사들을 구해 주셨으니 차라도 드시고 가세요."

가온은 더 이상 적대하지 않는 엘프 전사들을 따라서 신목으로 이루어진 숲의 가장자리로 향했다.

엘프족의 사정

 엘프 마을의 규모는 생각보다 훨씬 더 컸다.

 오랜만에 찾아온 이방인의 존재에 놀란 엘프들이 어른 아이 할 것 없이 모두 나와서 가온을 구경했는데, 생각보다 많아서 대략 3천은 되는 것 같았다.

 숲 안으로 진입해서 분지의 중앙에 있는, 직경이 족히 50미터에 이르는 거대한 나무 앞에 도착한 가온은 곱게 늙은 엘프들을 볼 수 있었다.

 "외부에서 들어온 인간으로 과일을 따러 나갔다가 워베어를 만나 죽을 뻔했던 예비 전사들의 목숨을 구해 주었다고 합니다. 에르랑이 답례를 하겠다고 마을로 초대했고요."

 시르네아 대전사장의 말에 엘프 원로들의 눈에 나타나 있었던 경계심이 확연히 사라졌다.

"온 훈이라고 합니다. 우리 세상에서는 온 클랜이라는 작은 용병대를 이끌고 있습니다."

"일족의 은인이셨군요. 나는 새벽이슬 일족의 원로인 에르넬이라고 해요. 우리 마을을 방문하신 것을 반겨요."

"나는 황혼의 달 일족의 원로인 데이린입니다. 전사들을 구해 주셔서 감사합니다."

원로 열 명이 차례로 인사를 하는데 이상한 점이 하나 있었다. 자신의 일족 이름을 밝히는데 다 달랐다.

원로들의 인사가 끝나자 옆에 있던 시르네아 대전사장이 속삭이듯 가온의 의구심을 풀어 주었다.

"현재 이곳에는 열 개의 일족이 함께하고 있어요. 원래 떨어져 살고 있었는데 산맥을 포함한 공간이 거대한 반구형 막에 둘러싸이고 마을을 지키던 신목들이 죽을 정도로 죽음의 기운이 맹위를 떨치며 빠르게 확장하면서 할 수 없이 일족 모두 이곳으로 모였어요. 그리고 원로님들은 하이엘프들이시고요."

하이엘프에 대해서는 언젠가 세르나로부터 들은 바가 있었다.

'만들어지는 존재가 아니라 태어나면서부터 일족을 이끌 소명을 받는다는 존재가 바로 하이엘프라고 했어.'

거기에 더해서 하이엘프들은 일반 엘프보다 모든 면에서

재능이 높아서 빨리 성장하며 성장 폭도 커서 어지간하면 대전사장이 되고 일족을 이끄는 지도자가 된다고 했다.

"우리 세상에서는 더 이상 순혈 엘프족을 볼 수 없는데 이렇게 만나게 되어 반갑습니다."

"최근 인간들이 우리가 갇힌 공간 안으로 들어왔다는 사실은 알고 있었지만 달리아 고원과는 굉장히 멀리 떨어진 이곳까지 찾아올 줄은 몰랐어요. 파르네이스 산맥은 오랫동안 인간의 출입을 거부하는 험준한 곳이기도 하고 외부와 격리된 후 막힌 공간을 탐색할 때까지만 해도 인간을 만난 적이 없었거든요."

에르넬이 원로들을 대표해서 가온의 인사를 받았는데 인간들이 사스라고 이름붙인 산맥의 원 이름은 파르네이스였고 고원의 이름도 달리아였다.

"일단 안으로 들어가서 얘기를 나눌까요? 궁금한 점이 아주 많답니다."

"성심껏 대답해 드리겠습니다."

에르넬 원로를 따라 들어간 나무 집은 혼혈 엘프인 비단숲 일족의 그것과 다를 바가 전혀 없었다. 오랫동안 같은 주거 양식을 고수해 온 것이리라.

집 안으로 들어온 엘프는 모두 스물로 열 명은 원로였고 나머지 열 명은 '바쿠스'라고 불리는 대전사장들이었다.

'모두 열 개 부족이 모여서 사는 거구나.'

일단 가온이 먼저 엘프들의 궁금증을 풀어 주었다.

엘프들은 열 달 전에 일어난 이상현상 때문에 이것저것 조사를 많이 했었는지 가온이 설명하는 내용을 거의 이해하고 받아들였다.

"차원석과 던전이라……. 그쪽 세상에서는 그렇게 받아들일 수도 있겠네요. 그럼 온 대장이 말한 클리어라는 것을 하게 되면 우리는 어떻게 되는 건가요?"

마지막으로 에르넬이 질문했다.

"그건 저도 알지 못합니다. 다만 제가 경험한 던전으로 보아서 여러분의 존재는 소멸할지도 모르겠습니다."

"확실히 그대가 말한 대로라면 던전 내의 생물체는 모두 소멸하고 다시 재생성이 되든지 하겠지요."

가온도 궁금했다. 진짜 이 던전을 클리어하면 엘프들까지 소멸이 될지 말이다.

아무튼 가온의 대답을 모두 들은 엘프 수뇌부의 분위기는 심각했다. 그가 설명한 대로라면 자신들은 던전이 클리어되더라도 원래의 세상으로 돌아갈 가능성이 현저히 낮다고 생각한 것이다.

'차원석과 함께 부서졌다가 다시 만들어지는 공간이라니!'

그래서 잠시 무거운 침묵이 유지되었다.

"그런데 신목의 상태가 왜 이렇게 된 겁니까?"

"그건 죽음의 기운이 산맥 전체로 퍼지고 있어서 그래요."

"리치 네크로맨서가 있다고 들었는데 그 존재 때문인가요?"

"그렇기도 하지만 이 산맥에는 오래전 '달란'이라는 이름을 가진 인간의 왕국이 자리하고 있었어요. 달란 왕국은 뛰어난 문명을 건설했고 세상의 중심이 되었지요. 그런데 달란 왕국의 번성함을 시기한 다른 인간 왕국들이 뛰어난 문명과 문물을 차지하기 위해서 동맹을 맺고 공격을 했어요. 그 전쟁으로 달란 왕국은 멸망하고 왕국이 위치했던 거대한 달리아 고원에서 족히 수백만에 달하는 생명이 사라졌지요."

"그랬군요. 그런데 그것과 죽음의 기운이 무슨 관계인지요?"

"이 산맥은 원래 강한 에너지장이 흐르는 곳이랍니다. 그 에너지장 덕분에 초목은 물론 동물들이 빨리 성장하고 번성할 수 있었지요. 아마 뛰어난 문명을 가진 달란 왕국이 탄생한 이유도 그 에너지장 때문일 거예요. 사실 우리 엘프들도 그 에너지장 때문에 이곳에 자리를 잡았으니까요."

아직도 가온의 질문에 대한 해답은 나오지 않았다.

"어쨌거나 그 전쟁으로 인해서 원혼 수백만 개가 일시에 생겨났어요. 본래 무로 돌아가거나 살면서 묻은 때를 털어 버리고 정화가 되어 새로운 몸으로 들어가야 할 영혼들이 거대한 에너지장에 갇혀 버리고 만 것이지요. 그 영혼들이 품고 있는 원한과 같은 음차원의 기운이 에너지장에 영향을 주는 바람에 에너지의 성질이 바뀌어 버렸어요."

번성을 구가하던 중 일시에 쳐들어온 적군에 의해 억울하게 죽어 갔을 달란 왕국의 수많은 생명들은 틀림없이 원한을 품었을 것이다.

"그리고 시간이 흘러 수많은 마수들과 몬스터들의 영혼에 담긴 마기가 그 에너지장에 흡수되었고 결국 사령술사와 흑마법사 들이 산맥을 찾아오기 시작했어요. 그들은 달리아 고원과 산맥 전체에 널리 퍼져 있는 음차원의 에너지를 이용해서 수많은 실험을 통해 연구를 하면서 서로를 죽이고 죽어 가면서 에너지장을 더욱 오염시켰고요. 그리고 그 과정에서 마지막으로 남은 것이 바로 리치 네크로맨서였지요."

리치가 어떻게 탄생했는지는 충분히 설명이 되었다.

"리치 네크로맨서는 산맥 전체를 뒤덮고 있는 음차원의 에너지를 죽음의 기운으로 바꾸었고 어느 순간부터 산맥에서 살아가던 초목과 동물은 그 기운이 잠식되어 죽어 갔고, 동물들은 죽음의 군단에 편입되고 말았어요. 사실 우리는 죽음의 기운에 잠식된 산맥 자체를 없애 버리기 위해서 대단한 능력을 가진 마법사가 이 거대한 공간을 떼어 내서 다른 차원으로 보내 버렸다고 생각했어요."

그것도 일리가 없는 것은 아니지만 수많은 던전들을 생각할 때 그건 억측이었다.

"그럼 왜 산맥을 벗어나 이주하지 않은 겁니까?"

죽음의 기운이 확장되는 것을 엘프들이 모를 리가 없었을 것이다. 게다가 산맥 바깥쪽은 마수들과 몬스터들이 천지이 기는 하지만 죽음의 기운에 잠식당하지 않았다.

"본래 우리 엘프족은 인간과 달리 정적인 생활에 익숙해 요. 모험심도 부족하거니와 필요한 거의 모든 것을 자급자족 하기에 생활 반경 자체가 그리 넓지 않거든요. 달란 왕국과 관련된 사태도 한참 후에야 겨우 알았으니까요."

"그래도 사냥은 해야 하지 않습니까?"

세르나로부터 순혈 엘프들도 채식만 하는 건 아니라는 사 실은 들어서 알고 있었다.

"우리는 밀과 보리 그리고 다양한 허브를 재배하고 염소와 닭을 키워 유제품과 고기를 얻어요. 굳이 사냥할 필요가 없 었지요. 아무튼 그렇게 죽음의 기운이 산맥 전체를 덮었다는 사실을 알았을 때는 이미 늦었어요. 죽음의 기운으로 우리는 물론 우리를 보호해 주던 신목들이 하나씩 죽어 갔고 결국 이곳의 신목만이 남았지만 죽어 가는 상황까지 되었어요."

한곳에 정착하면 좁은 생활 반경을 벗어나는 일이 거의 없 는 생활을 해 온 엘프족이기에 발생한 비극이었다.

"이해하기 힘들겠지만 인간과 달리 신목과 운명을 같이하 는 우리 엘프족에게 이주는 굉장히 어려운 문제입니다."

이번에는 황혼의 빛 일족의 원로인 로데나가 입을 열었다.

"신목을 떠나 최장 10년 정도 지내는 것은 가능하지만 그 이상 지나면 우리 엘프는 천천히 힘을 잃습니다. 그리고 신목은 옮길 수가 없기 때문에 씨를 뿌리고 싹을 틔운 후 어느 정도 자라야만 그곳에 엘프가 살 수 있습니다."

"그럼 여러분은 신목이 죽어 가고 있어서 정령을 소환할 수 없는 겁니까?"

아까도 물어봤지만 더 확실하게 알고 싶었다.

"아예 관계가 없는 건 아니지만 그보다는 이 거대한 공간을 잠식한 죽음의 기운이 알지 못하는 사이에 우리 일족의 몸을 잠식했을 뿐 아니라 정령계와의 연결을 방해하고 있어서 정령을 소환하지 못하는 겁니다."

참으로 안타까웠다. 엘프족이 인간에 비해 우세한 건 장수를 한다는 것과 정령을 부린다는 점인데 신목과 죽음의 기운 때문에 엘프족이 가진 가장 큰 장점을 잃고 만 것이다.

"죽음의 기운은 어떻게 해야 없앨 수 있습니까? 리치를 해치우면 됩니까?"

"그건 이 거대한 공간에 사는 생물들에게 도움은 되겠지만 해결책은 아닙니다. 우리가 이곳에 모여서 선대에서 전승되어 온 지식들을 함께 연구한 결과 한 가지 방법이 가능성이 있다는 사실을 알아냈지만 이미 늦었습니다."

"그게 뭡니까?"

"신목을 여러 곳, 아니 되도록 많은 장소에 심어서 성장을 시키는 겁니다. 신목의 기운은 생기 자체라고 할 수 있어서 죽음의 기운과는 상극입니다. 두 기운이 만나면 중화가 되니 그 수밖에 없는데, 문제는 이미 죽음의 기운이 넓게 퍼져 있어 대지의 기운이 모인 장소를 찾아 줄 수 있는 상급 대지의 정령을 불러낼 수 없다는 점입니다. 우리가 격변을 인지하고도 제대로 대응하지 못하고 있는 동안 상황은 이미 절망적으로 바뀌었어요."

엘프들도 지금 상황이 절망적이라고 판단한 모양이다. 어디로든 이주를 하려고 해도 신목이 자랄 수 있는 장소부터 찾아야 하는데, 산맥 대부분을 잠식한 죽음의 기운으로 인해 제대로 능력을 발휘할 수 없는 상태라서 그조차 불가능했다.

사스 산맥에 대해서 모든 것을 알지는 못하지만 두 원로의 말이 사실이라면 던전을 빠져나가는 것은 고사하고 산맥을 벗어나는 것도 어려웠다.

문제는 또 있었다. 만약 그들이 던전 밖으로 나가지 못한 상황에서 인간이 던전을 클리어하게 되면 그들은 자유가 되는 것이 아니라 그들의 존재가 소멸될 가능성이 아주 높았다.

원로들은 가온의 설명을 통해서 자신들이 어떤 상황에 빠졌는지 정확히 알 수 있었지만, 현재의 절망적인 상황을 타개할 수 있는 길을 찾지 못해서 더욱 답답한 얼굴이 되었다.

가온도 막막하기는 마찬가지였다. 이들이 던전을 클리어

하는 데 도움이 되지 않을까 하는 기대감을 살짝 품었었는데 기대할 것이 없었기 때문이다.

⊰⊱

　분위기는 무거웠지만 이런저런 얘기를 나누다 보니 어느새 시간이 꽤 흘려서 등잔불을 켜야 할 시간이 되었다.

　엘프들이 손님을 위해서 정성을 들여서 마련한 음식이 준비되었다.

　"치즈 맛이 아주 좋군요."

　치즈를 오래 숙성시키지 않아서 그런지 아니면 따로 비법이 있는지 모르지만 원형의 치즈는 식감이 케이크처럼 부드러우면서도 고소한 맛이 아주 일품이었다.

　대신 몇 가지 견과가 박힌 빵은 무척 거칠었고 딱딱했지만 맛은 그런대로 괜찮았는데, 엘프가 가장 많이 먹는다는 과일과 견과는 상태가 별로 좋지 않았다.

　그래도 차는 풍미는 물론 깊은 향과 맛을 가지고 있었는데 몇 모금 마신 것만으로도 복잡했던 머리를 상쾌하게 만들어 줄 정도로 아주 괜찮았다.

　"과일 맛이 별로지요?"

　어느 정도 배를 채우고 나자 먼저 식사를 끝낸 에르넬 원로가 온화한 미소를 지으며 물었다.

"먹을 만합니다."

사실 신선도나 당도가 많이 떨어지기는 하지만 못 먹을 정도는 아니다.

"죽음의 기운 때문에 과실수들이 거의 고사해 버려서 오래전에 저장했던 것들밖에 안 남아서 그래요."

"어려운 상황이네요."

가온의 말에 에르넬 원로가 수심이 가득한 얼굴로 고개를 끄덕였다.

"맞아요. 유일하게 남은 신목도 오래지 않아서 명을 달리할 것 같고, 죽음의 기운이 아니더라도 이 작은 분지에서는 우리가 생존할 정도의 식량을 생산할 수가 없으니까요. 온님의 말을 듣고 나니 어떤 희생을 치르더라도 산맥을 벗어나 이주하는 것밖에 답이 없다는 생각이 드네요."

"동감이오. 오래전 우리 엘프족과 드워프족들이 다른 차원에서 이곳으로 이주해 왔듯 우리 역시 온 님이 왔다는 탄차원으로 이주를 하면 좋겠는데, 그곳 역시 우리 세상에서 건너간 마수들과 몬스터들로 인해서 난리를 겪고 있다니 어디로 가야 할지 모르겠소."

에르넬 원로와 함께 원로들을 이끌고 있는 것으로 보이는 로데나 원로가 침중한 얼굴로 말했다.

"잠깐만요. 엘프족과 드워프족이 다른 세상에서 건너왔다고요?"

"선조들이 남긴 기록을 보면 그건 확실합니다. 너무 오랜 기록이고 우리는 시간의 흐름에 민감하지 않아서 언제인지는 알 수 없지만, 아득한 오래전에 우리와 드워프족 등이 마수들과 몬스터들과 함께 다른 세상에서 우리 세상으로 건너왔다고 합니다."

놀라운 일이다.

'설마 그때도 이런 식이었던 건가?'

만약 이들이 죽음의 기운이 급속도로 확장하는 현상을 일찍 깨닫고 결단을 내렸다면 벌써 던전 밖으로 나갔을지도 모른다. 그렇게 되면 지금은 더 이상 탄 차원에 없었던 순혈 엘프들이 탄 차원에 정착하게 될 수도 있었다.

가온은 어쩌면 인간도 그런 식으로 다른 차원에서 건너왔을지도 모른다고 생각했다. 그리고 그 생각을 확장한다면 지구의 인간도 같은 방식으로 지구에 정착했을 수도 있었다.

'뭐, 그게 중요한 건 아니고.'

엘프들이 자신에게 도움이 될 것도 아니고 잘 대접을 받았으니 이제는 볼일을 보기 위해서 이곳을 떠나야 했다.

가온이 막 그런 말을 꺼내려고 할 때 갑자기 원로들이 일제히 벼락을 맞은 것처럼 몸이 굳더니 눈에서 초점이 사라졌다.

"교감이다!"

시르네아의 말에 대전사장들이 무기를 꺼내더니 일제히

원로들을 둘러쌌다.

가온은 영문은 알 수 없었지만 뭔가 중요한 일이 벌어진 것을 눈치채고 대전사장들을 따라서 한쪽으로 빠졌다.

'이거 나간다고 하기가 애매하네.'

입구와 가까운 곳에도 원로 한 명이 있었기 때문에 나가는 것이 어려웠다.

결국 가온은 좌정을 하고 앉아 있을 수밖에 없었다.

다행히 '교감'이라고 하는 현상은 채 3분도 지나지 않아서 끝났다.

하지만 그 결과는 가온은 물론 대전사장들까지 대경실색하게 만들었다.

"네? 신목이 절 따라가라고 했다고요?"

너무 황당해서 어처구니가 없었다. 엘프들이 신처럼 여기는 신목이 원로들에게 자신의 의지를 보냈는데 그 내용이 바로 그것이었다.

"맞아요. 그래야만 우리가 살아남을 수 있다고 했어요. 이 땅과 이 공간은 더 이상 우리를 받아 줄 수 없다고요."

"단순히 살아남는 것이 아니라 그렇게 하면 새로운 세상, 새로운 땅에서 대대손손 번성할 수 있다고 했습니다."

이건 대체 무슨 소리일까?

가온은 자신도 모르게 미간을 좁혔다.

"그대는 비록 인간이지만 우리 일족보다 더 정령의 사랑을 받는 자이며 새로운 세상의 유일한 여신이 주시하는 자이며 끝이 없는 성장을 하는 자라고 했습니다."

"일족의 명운이 태풍 앞의 모닥불과 같은 이 위태로운 상황을 타개할 수 있는 유일한 존재라고도 했습니다."

"우리를 현재의 위기에서 구해 줄 존재는 그대가 유일하다고 했습니다."

다른 원로들도 열기 가득한 얼굴로 그렇게 말했다.

'그게 가능이나 한 일일까?'

신목이 이들에게 전한 의지의 내용은 자신이 3천이 넘는 엘프들을 이끌고 던전을 빠져나가라는 뜻일까?

사스 산맥은 인간들이 진입한 쪽은 좁지만 반대쪽은 굉장히 넓었다. 그리고 안타깝게도 이 분지를 제외한 나머지 지역은 죽음의 기운으로 잠식되어 있었고 바깥쪽은 마핀이라는 거대 유인원들이 사는 거대한 수림지대와 자이언트 웜들이 서식하는 넓은 황무지가 자리하고 있었다.

자신이야 투명날개로 거대한 산맥을 벗어나면 그만이지만 엘프들은 아니었다.

우회를 한다고 해도 그 많은 인원을 이끌고 산맥을 벗어나는 것은 불가능에 가까웠다. 전원 검광 실력자 이상으로 구성된 토벌대도 어쩌지 못할 정도로 산맥은 위험 천지였다.

산맥을 벗어나도 문제였다. 클리어가 될 경우를 생각하면 무조건 던전을 벗어나야만 했다.

'세상에서 사라진 순혈 엘프들이 던전을 빠져나간다면 아마 난리가 나겠지.'

뭐 그거야 당장 산맥부터 벗어나서 던전을 빠져나갈 수 있다는 것이 전제가 되어야 하니 지금 신경 쓸 필요는 없지만 대체 신목이 왜 자신을 지목했는지 알 길이 없었다.

"인간들은 왕이라는 존재가 있어서 통치를 한다고 하더군요."

"그렇습니다."

주제와 상관없는 에르넬의 말에 가온이 고개를 끄덕였다.

"신목은 우리가 그대를 주군 혹은 왕처럼 따르기를 원했어요. 그대에게 우리 새벽이슬 일족의 생사여탈권을 맡길 테니 부디 우리를 거둬 주세요."

"우리 황혼의 달 일족 역시 충성을 맹세하겠습니다. 부디 우리 일족을 이끌어 주십시오."

에르넬을 필두로 열 명의 원로가 일제히 간청을 해 왔는데 눈치를 보던 대전사장들 역시 그 행렬에 동참했다.

"하아! 대체 신목이 왜 그런 의지를 전했는지는 모르겠지만 저에게는 여러분을 안전한 곳으로 이주시킬 그런 능……."

황당한 마음에 거절을 하려고 말을 꺼낸 가온의 머릿속에 한 가지 생각이 떠올랐다.

'엘프들을 잠시 생명의 아공간으로 보내면 어떨까?'

인간이 자신도 들어가도 아무런 지장이 없었고 지금은 모둔과 정령들 덕분에 다양한 식물들이 자라고 있으니 엘프들도 잠시라면 괜찮을 것 같긴 했다.

'오우거 던전에서 얻은 차원석으로 더 확장이 되었으니 공간을 충분할 것 같긴 해.'

혹시 몰라서 모둔에게 물어보니 생명의 아공간은 대기의 조성까지 현실과 같아서 동물들이 생존하는 데 아무런 문제가 없다고 했다.

'설마 신목이 내가 생명의 아공간을 가지고 있다는 사실을 알고 있나?'

그게 아니라면 원로들에게 그런 내용의 의지를 보내지는 않았을 거라는 생각이 들었다.

신목이 모둔과 비슷한 존재라면 얼마든지 그럴 수 있을 것 같았다.

"방법이 있는 거죠?"

뭔가 생각을 하는 것 같은 가온을 보자 에르넬이 기대 어린 얼굴로 물었다.

"가능성이 있는 방법이 있기는 한데 정말 가능한지는 시험해 봐야 알 것 같습니다."

"어떤 방법인가요?"

"어떻게 설명을 해야 할지 모르겠지만 제게는 차원의 파편이라는 일종의 아공간이 있습니다."

"아공간요?"

"네. 제 영혼과 연결된 아공간인데 생명이 살 수 있습니다. 지금 당장 생각은 여러분은 그 아공간으로 들여보낸 후 던전을 벗어나서 신목이 자랄 수 있는 장소를 찾아보는 것입니다."

"……아공간에 생물이 살 수 있다는 게 확실한가요?"

"그렇습니다. 다양한 식물들은 물론 한 종류의 벌이 이미 그곳에 자리를 잡은 상태입니다."

"그럼 누군가 그 아공간에 들어가서 확인을 해 봐야겠군요?"

"그렇습니다. 허니비라는 벌이 번식하고 있지만 다른 동물은 없기 때문에 확인은 해야 합니다."

그때 조용히 대화를 듣고 있던 시르네아가 입을 열었다.

"제가 들어가 볼게요!"

"대전사장이요?"

"네. 우리 일족의 명운이 담긴 일이니 제가 직접 가서 확인해 보겠어요!"

에르넬의 물음에 시르네아가 결연한 얼굴로 대답했다.

"위험할 것은 없습니다. 제 영혼과 연결된 아공간이기 때문에 어떤 상황이 벌어지는지 실시간으로 알 수 있으니 위험하다 싶으면 바로 꺼내겠습니다."

"좋아요. 시급을 다투는 일이니 대전사장이 직접 확인해 주세요."

에르넬의 허락까지 떨어지자 결국 가온은 시르네아와 함께 생명의 아공간으로 직접 들어갔다.

"온 님!"

"주인님!"

앙헬과 네 정령이 생명의 아공간으로 들어온 가온을 끌어안고 반겼다. 물질계와 달리 이곳은 다섯 존재가 별도의 힘을 쓰지 않아도 제 모습으로 지낼 수 있었기 때문이다.

품에 안긴 건 카오스였고 녹스와 마누는 그의 옆구리를 끌어안았으며 앙헬은 등에 달라붙어서 몸을 밀착시킨 상태로 조잘거렸는데, 자리가 없어서 그의 몸과 닿을 수 없는 모둔만 울상이 되어 그를 쳐다보고만 있었다.

"모둔, 아까 한 말이 사실이야?"

"네, 온 님. 이곳은 그 어떤 생물체라도 생존할 수 있을 뿐 아니라 마나가 풍부해서 건강하고 오래 살 수 있어요."

그래도 확인은 해 봐야 했다.

그래서 시르네아 쪽을 쳐다봤는데 그녀는 시야에 들어오는 전경에 완전히 넋이 나간 얼굴이었다.

"시르네아 대전사장님!"

"아! 네! 이, 이곳이 온 님의 영혼과 연결된 생명의 아공간인가요?"

"그렇습니다. 이쪽은 나와 영혼의 끈으로 이어진 자연정령들입니다."

"자연정령이라고요? 오, 이런! 정말이야! 자연정령들이 이렇게 완벽한 모습을 하고 있는 건 처음 봐요!"

시르네아가 알고 있는 자연정령은 제대로 형상조차 갖추지 못하는 존재들이었지만 정령계의 정령에 비해 능력이 결코 낮지 않았다.

하지만 발견하기가 쉽지 않았고 계약을 하는 것은 더욱 어려웠다.

유구한 엘프족의 역사에서도 자연정령과 계약한 사례는 백여 건밖에 안 되었고, 그런 자연정령들도 절반은 제대로 된 형상을 갖추지 못했으며 나머지 절반도 주먹 크기의 요정과 비슷한 형상을 하고 있다는 사실은 알고 있었다.

처음 본 이후 표정 변화가 거의 없었던 시르네아가 생동감이 넘치는 얼굴로 변하는 것은 흥미로웠지만 이곳에 온 용건부터 해결해야만 했다.

"숨 쉬는 것이나 움직이는 건 어떻습니까?"

그제야 자신의 호흡과 몸 상태를 확인한 시르네아는 깜짝 놀랐다. 자연의 속성을 가진 마나의 농도가 높아서 숨을 쉬는 것만으로도 마나가 쌓이는 것 같았던 것이다.

몸 상태는 죽음의 기운 때문에 항상 뭔가 짓누르는 것 같은 바깥에 비해 편안했으며 움직이는 것도 전혀 지장이 없었다.

"이곳은 마치 신목이 왕성할 때의 마을과 비슷해요!"

그녀도 이전에는 모르고 지냈지만 급속하게 잠식해 오는 죽음의 기운으로 인해 알게 된 생기라는 기운이 굉장히 왕성한 곳이었다.

"그럼 당분간 거처하는 데는 문제가 없겠군요."

"너무, 너무 좋은 곳이에요!"

그렇다면 신목이 교감을 통해서 그를 따르라고 한 것은 생명의 아공간 때문임이 틀림없었다.

엘프족의 이주

가온은 그제야 생명의 아공간을 찬찬히 살펴보았다.

'굉장히 넓어졌네.'

이전에 비하면 거의 열 배가량 커진 것 같았다. 그 증거로 초목으로 가득한 기존의 공간 바깥으로 드넓은 황무지가 새로 나타난 상태였다.

"모둔, 허니비는 어때?"

"벌써 스무 무리로 늘어났어요."

처음에 다섯 무리를 풀어놓았는데 그사이에 네 배나 늘어난 것이다.

"그렇게 빨리?"

"환경이 워낙 좋기도 하고 시간의 흐름을 다섯 배로 가속

시켰잖아요."

그러고 보니 차원석을 추가할 때마다 가속이나 감속시킬 수 있는 시간의 폭이 커진다.

그러고 보니 포션 조제 때문에 시간의 흐름을 모둔이 말한 대로 조정한 기억이 났다.

바로 확인해 보니 시간을 20배로 가속하거나 감속할 수 있었다. 차원석을 추가할 때마다 공간뿐 아니라 시간의 가속 및 감속 비율이 커지는 모양이다.

"로열젤리와 꿀은 주기적으로 채취해 두었으니 언제든 말씀만 하세요."

지난번에 들렀을 때 모둔에게 부탁을 해 두었었다.

"그래. 고마워. 모둔이 고생했네."

"쳇! 내가 키운 애들이 가장 많은 로열젤리와 꿀을 생산했다고!"

"아니거든. 내가 키운 애들이 최고야!"

가온의 몸에 달라붙어서 얼굴을 붙이고 그의 체온을 느끼고 있던 앙헬과 정령들이 모둔을 시샘하는 얼굴이 되었다.

"너희들도 모두 수고했어. 그런데 너희들에게 부탁을 하고 싶은 게 있어."

"엘프들이 당분간 이곳에서 지낸다는 거지?"

그렇게 말하는 카오스는 물론이고 다들 가온의 오감을 통해서 저간의 사정을 알고 있었다.

"응. 적당한 곳을 찾으면 떠날 거니 불편하더라도 당분간 같이 지내야 해."

"어려울 건 없어요. 엘프들이 들어오면 늘어난 황무지를 이곳처럼 풍요로운 땅으로 금방 바꿀 수 있을 테니까요."

"이곳이라면 신목도 제대로 자리를 잡을 수 있을 것 같아요!"

정령들과 얘기를 하는 동안 근처를 돌아다니면서 흙냄새를 맡고 흙 속에 손을 넣어 보는 등 이상한 행동을 하던 시르네아가 활짝 웃으며 말했다.

"이곳은 어디까지나 제게 속한 아공간입니다. 적당한 장소를 찾으면 나가야 하는데 신목을 심는 건 좀 그렇지 않습니까?"

"……그러네요. 하지만 이곳은 우리 엘프에게는 그야말로 신이 내린 땅이에요. 신목이 온 님을 따라가라고 하신 이유는 이곳 때문인 것 같아요!"

그래 봐야 당분간 지낼 곳에 불과했다.

시르네아로부터 생명의 아공간에 대해 들은 원로들은 물론이고 대전사장들까지 궁금해해서 할 수 없이 모두를 데리고 다시 들어왔다.

엘프들은 시르네아가 그랬듯 한동안 정신을 못 차리고 생명의 아공간을 둘러보고 곳곳의 땅과 환경을 살폈다.

가온이 앙헬과 네 정령과 함께 있는 동안 곳곳을 둘러본 원로들과 대전사장들이 한곳에 모였다.

"땅 자체가 생기를 품고 있습니다. 우리가 키우는 웜 종류라면 금방 풍요로운 땅으로 바꿀 수 있습니다!"

"정령계와의 연결도 원활합니다!"

"육체를 잠식하고 있던 죽음의 기운이 빠르게 빠져나가고 있습니다! 죽음의 기운에 잠식되어 죽어 가는 일족들도 이곳이라면 건강을 회복할 수 있을 겁니다!"

"아무래도 신목이 알려 준 우리의 땅이 이곳인 것 같습니다."

"제 생각에도 그래요. 이런 곳이라면 주인인 온 님이 살아 계신 동안은 일족이 풍요롭게 살 수 있어요."

"원로가 될 때까지 인간의 모습으로 세상을 돌아다녔지만 이렇게 생기와 자연의 마나가 가득한 곳은 처음입니다. 탄차원이 어떤 곳인지 모르겠지만 마수들과 몬스터들이 창궐한 상태라고 하니 거기보다는 이곳이 우리 일족에게 적합할 것 같습니다."

"그럼 우리 일족이 이곳에 거처를 한다고 하면 온 님에게 어떤 대가를 지불해야 할까요?"

"용병이라고 소개를 했으니 필요할 때 우리 전사들을 지원하면 어떨까요?"

"그걸로 될까요?"

"거기에 신목의 열매와 정령들을 성장시킬 수 있는 신목의 정수를 드리면 어떨까요?"

"신목이 소멸하면서 남긴 정수를 말입니까?"

"그렇습니다. 보아하니 이곳은 온 님과 계약을 한 자연정령들과 마족의 거처인 것 같은데 그 정도 보물은 드려야 우리에게도 이 공간을 사용하도록 해 줄 겁니다."

원로들과 대전사장들은 한동안 자신들끼리 소리를 낮춰 의논을 하더니 마침내 대표로 에르넬과 로데나 원로가 가온 앞으로 나왔다.

"여러분 모두 생명의 아공간에서 지내시겠다고요?"

"그랬으면 좋겠어요. 저도 그렇지만 우리는 주기적으로 세상을 돌아다니면서 경험을 쌓는 한편 우리가 거처하기에 좋은 장소들을 찾아다니는데, 이곳보다 더 좋은 곳은 없다는 데 의견이 일치했어요."

"맞습니다. 엘프 중에서는 내가 가장 많이 세상을 돌아다녔는데 이곳보다 엘프가 살기에 더 좋은 장소는 본 적이 없습니다. 이곳이라면 안전하면서도 여유롭게 살 수 있을 겁니다. 대신 온 님이 필요할 때 언제라도 우리 전사들을 쓸 수 있는 권한과 함께 몇 가지 선물을 드리겠습니다."

에르넬과 로데나의 말에 가온은 잠시 고민을 하다가 결국 받아들이고 말았다.

엘프 전사들을 언제라도 쓸 수 있다는 내용도 좋았지만 그보다는 이 넓은 공간을 제대로 가꾸려면 엘프들이 제격이라는 생각 때문이었다.

"감사해요!"

"저 또한 부탁합니다. 다만 제 생이 끊어질 때까지라는 기한이 있으니 언제가 되었든 제대로 된 보금자리를 찾아야 할 겁니다."

"온 님이 적당한 곳을 찾아 주시면 저희들이 의논을 해서 결정하겠습니다."

"좋습니다."

"저희가 가진 것은 별로 없지만 이건 정령사라면 누구나 욕심을 낼 물건이에요. 이걸 드릴게요."

에르넬이 내민 것은 아홉 개의 작은 유리병이었다.

"신목의 정수예요. 신목이 소멸할 때 남기는 정수에는 신목의 기운이 농축되어 있어서 다른 신목이 빠르게 자랄 수 있도록 도와줄 뿐 아니라 정령의 성장에 큰 도움을 줄 거예요."

"정령에게만 도움이 되는 것이 아닙니다. 사람이 먹게 되면 자연체에 가깝게 육체가 바뀝니다."

가온은 신목의 정수를 받으면서 이것이 이전에 비단숲 일족에게 선물 받은 엘프목의 눈물이라는 것보다 더 귀중하다고 생각했다.

"이곳에 새로운 신목을 심을 생각이시라면 더욱 신목의 정수가 필요하지 않습니까?"

"아닙니다. 이곳은 굳이 신목의 정수를 사용할 필요가 없습니다."

그럼 부담 없이 받아도 될 것 같았다.

그렇다고 바로 정령들에게 줄 생각은 없었다. 진화를 한 지 얼마 되지 않기 때문에 정령들은 더 많은 경험을 통해 진화의 토대를 쌓아야만 한다고 믿었다.

"그런데 이곳으로 이주할 인원이 얼마나 됩니까?"

"6,078명입니다."

"그렇게 많습니까?"

그를 구경하러 나온 엘프가 전부가 아니었다.

"절반 정도는 죽음의 기운의 영향으로 몸이 약해져서 바깥 출입을 하기 힘들 정도입니다만 이곳에 오면 얼마 지나지 않아서 건강해질 겁니다. 이곳은 우리 엘프들이 가장 좋아하는 자연의 마나가 풍부할 뿐 아니라 죽음의 기운을 중화시킬 수 있는 생기가 가득하니까요."

"병증이 어떻습니까?"

"몸이 검게 변하고 전신 곳곳에 강한 염증이 발생해서 곪고 터지기를 반복하며 염증의 범위가 확산돼요."

가온은 문득 에르랑 일행이 워베어의 쓸개를 원했던 것을 떠올렸다.

'그럼 병자들이 많아서 약을 만들려고 했던 거구나.'

대화를 통해 들었던 것보다 엘프들의 상태가 굉장히 위험한 것 같았다.

　　'일단 상황을 지켜보다가 환자들의 상태가 좋아지지 않으면 킬러비의 로열젤리를 쓰거나 헤븐힐과 매디를 데리고 와서 치료를 해 봐야겠다.'

　　그래도 원로들이 장담한 대로 이곳으로 건너와서 건강해지기를 바랐다.

　　먼저 원로들과 교감을 한 신목은 스스로 소멸을 택했는데 그 자리에는 열 방울 정도의 정수만이 남았다.

　　에르넬이 그 정수를 조심스럽게 유리병에 담아서 가온에게 주었는데, 그것까지 받을 생각은 없었기에 한사코 고사했다.

　　엘프들의 이주는 그날 자정 안에 끝이 났다. 가온의 의지로 엘프들을 생명의 아공간으로 들여보내기만 하면 되니 과정이 너무 쉬웠기 때문이다.

　　엘프들은 물욕이 별로 없어서 짐이라고 해 봐야 선대로부터 물려받은 몇 가지 물건과 생필품이 전부였다. 생활에 꼭 필요한 가구와 그릇 등은 죽은 나무로 얼마든지 만들 수 있었다.

　　대신 한동안 필요한 옷과 식량은 가온이 제공하기로 했다. 그동안 사 둔 것도 있었고 블랙펄 상단이 수송하던 보급품이 있어서 어려운 일이 아니었다.

엘프들은 새로 추가된 땅과의 경계에 자리를 잡았는데 한데 모여서 사는 것이 아니라 이전처럼 열 개의 마을로 분리해서 살 거라고 했다.

그래서 에르넬과 시르네아에게 왜 따로 사냐고 물어봤다.

"온 님에게는 비슷해 보이겠지만 사실 우리 열 개의 부족은 굉장히 먼 혈연관계입니다."

뭐 그거야 별상관이 없었다.

"전사들은 얼마나 되는지 알 수 있을까요?"

"원로들을 제외한 하이엘프 전사는 스물이고 숙련된 전사와 일반 전사는 각각 500과 1천 명이에요. 예비 전사들도 있고요. 정령의 경우 하이엘프 전사는 상급, 숙련된 전사는 중상급, 일반 전사는 중급으로 최소 한 개체 이상 계약을 해요"

인구에 대비하면 젊은 층은 거의 모두 전사라고 할 수 있는데 계약한 정령을 생각하면 굉장한 전력이었다.

"그리고 앞으로 전사들은 따로 숙영지를 건설한 후 돌아가면서 주둔하면서 온 님의 명령에 대비하기로 했어요."

이번에는 시르네아가 대답을 했는데 설명으로는 실력을 제대로 파악하기가 어려웠다.

"혹시 인간 기사에 준해서 다시 설명을 해 줄 수 있을까요?"

"물론이죠. 하이엘프 전사는 저와 같은 대전사장들로 1급 기사 이상에 해당하고 숙련된 전사는 2급 기사, 일반 전사는 3급 중상위 기사, 마지막으로 예비 전사는 전사가 된 지 채 5년이 안 되는 경우로 3급 초반의 기사로 보면 돼요."

"그럼 예비 전사들도 검광을 발현할 수 있다는 겁니까?"

"네. 검이나 화살에 순식간에 빛을 발현할 수 있어야 전사의 자격이 주어지니까요."

"그런데 에르랑이나 마망의 경우에는 검광을 발현하지 못했던 것 같은데……."

"그 아이들은 예비 전사들이에요. 그리고 이미 몸에 죽음의 기운이 잠식된 상태라 원래 에르랑은 예비 전사의 경지에 도달했지만 검광을 발현할 수 없었어요."

그렇다면 이해할 수 있었다.

'그나저나 전력이 엄청나네!'

9천, 아니 던전에 들어와서 2할의 피해를 입었으니 이젠 7천 명이 조금 넘는 토벌군의 전체 전력과 별 차이가 없었다.

아니, 소드 마스터 입문자 이상의 실력을 가진 1급 기사 이상만 스무 명이며 모든 전사가 정령까지 부린다는 점을 생각하면 토벌군보다 전력이 훨씬 더 높을 수도 있었다.

"전사들의 상태는 괜찮습니까?"

"죽음의 기운에 오염되어 마나를 제대로 운용하지 못하는 전사들이 3분의 1 정도 되지만 이곳이라면 금방 정상으로 돌아올 거예요."

"그게 얼마나 걸릴까요?"

"글쎄요. 대충 한 달 정도."

너무 오래 걸린다. 가온은 죽음의 군단을 상대할 때 엘프 전사들을 활용할 생각이었다.

─오빠, 엘프의 경우 수명이 기니 시간의 흐름을 20배로 설정한 후에 허니비 꿀과 로열젤리를 희석시킨 비약을 먹이도록 해요. 그럼 생기를 북돋을 수 있어서 회복이 빨라질 거예요.

벼리가 센스 있게 상황에 딱 맞는 조언을 해 주었다.

"내게 생기는 물론 정령 친화력과 회복력을 높일 수 있는 비약이 있습니다."

"포션과 비슷한 건가요? 우리 엘프는 인간이 만든 포션이 별로 효과가 없는데요."

"포션이 아닙니다. 다만 조제하는 데 시간이 좀 걸리니 몇 시간 후에 전해 주도록 하지요."

"온 님이 그렇게 말씀하시니 기대할게요."

앙헬과 네 정령이 도와준 덕분에 비약 3천여 병이 1시간 만에 조제되었다.

당연히 상태가 경중에 속하는 열 명의 엘프가 먼저 복용을 했고 순식간에 그들의 몸을 오염시켰던 죽음의 기운이 사라졌다.

검붉게 변했던 피부가 정상으로 돌아왔고 푸석푸석했던 모발에도 다시 윤기가 흘렀다. 피부 곳곳에 생겨났던 염증 반응도 씻은 듯이 사라졌고 결정적으로 마나를 제대로 운용할 수 있었다.

"제 몸이 완전하게 회복되었습니다!"

"오오오! 이럴 수가! 온 님, 정말 감사합니다!"

"언제든 불러 주십시오. 목숨을 바쳐서라도 이 은혜를 갚겠습니다!"

죽음의 기운에서 벗어난 엘프들은 일제히 가온에게 무릎을 꿇고 감사 인사를 했다. 엘프족의 경우 이런 식으로 감사한 마음을 전하는 예절이 없다는 점을 생각하면 이들이 얼마나 감복했는지 짐작할 수 있었다.

그들은 경증에 해당했기에 회복이 빨랐지만 중증의 경우 비약을 며칠에 걸쳐서 여러 번 복용해야만 완전히 회복될 것이다.

그래도 죽음의 기운으로 인한 병을 치료할 수 있다는 희망에 걱정과 기대를 안고 상황을 지켜보던 엘프들은 감정 표현이 드문 종족답지 않게 잠시 광란의 분위기였다고 했다.

생명의 아공간의 시간 흐름을 현실과 동일하게 바꾼 가온은 앞으로 한곳에서 지내기로 한 대전사장들에게 비약 2천 병을 더 조제해서 넘겨주는 것으로 일을 대충 마무리하고 현실로 돌아왔다.

"이런! 너무 지체했네!"

어느새 밖은 한밤중이었다.

가온은 서둘러 1왕자가 이끄는 토벌군의 숙영지를 향해 날아갔다.

탐색

1왕자의 토벌군은 달리아 고원의 입구로 향하는 좁고 낮은 협곡에 길게 자리를 잡고 있었다.

죽음의 땅으로 변한 달리아 고원 쪽에는 돌을 쌓아서 만든 10미터의 벽이 세워져 있었고 뒤쪽 입구는 언제라도 도망칠 수 있도록 열려 있었다.

숙영지에는 천막이 대략 100개 정도 있는 것으로 보아 수뇌부를 제외하면 대략 30여 명이 한 천막을 사용하는 것 같았다.

경계 병력은 300여 명으로 대부분 고원 쪽에 쌓은 돌벽 근처와 협곡 가장자리에 포진하고 있어서 숙영지 내부에는 인적이 끊겨 있었다. 지금도 언데드와 교전을 하는지는 알 수 없지만 대부분 깊은 잠에 빠져 있었다.

가온은 소리 없이 숙영지 외곽에 날아 내린 후 여전히 은신 스킬을 유지한 채 심안 스킬을 발동했다.

마나 파동을 방출했다가 반사되어 돌아오는 파장을 통해 상대의 실력을 대략 짐작할 수 있지만 검기 숙련자만 해도 마나 파동을 감지할 수 있으니 심안 스킬을 사용하려는 것이다.

심안 스킬은 집중하면 할수록 상대에 대한 더 많은 정보를 알 수 있지만, 지금은 그럴 필요가 없었다. 천막 밖에서 내부에 있는 인물들의 대략적인 실력만 파악하면 된다.

일단 2급 기사가 대상이다. 그렇게 2급 기사임을 확인하면 스킬을 더 강화시켜서 더 많은 정보를 알아내면 되는 것이다.

그렇게 심안 스킬을 펼친 채 천막들을 돌아다니던 가온은 토벌군의 상태가 전반적으로 굉장히 안 좋다는 사실을 깨달았다.

'포션이 부족한지 내상을 제대로 치료하지 못한 이들이 수두룩할 뿐 아니라 대부분 몸 상태들이 좋지 않아.'

새삼 아무리 죽여도 끊임없이 일어나는 죽음의 군단을 상대하는 일이 얼마나 위험하고 힘든 것인지 알 수 있었다.

그렇게 숙영지 안을 은밀하게 돌아다니던 가온은 마침내 중앙 쪽에 있는 천막에서 자고 있는 나크 훈을 발견했다. 그는 다른 이십여 명과 함께 천막을 쓰고 있었다.

심안으로 살펴본 나크 훈의 상태는 상당히 좋지 않았다.

'내상을 입으셨구나.'

아주 심한 상태는 아니지만 빨리 치료를 해야 할 정도였다.

가온은 당장 안으로 들어가서 스승님을 만나 치료를 해 주고 싶었지만 한 가지 걸리는 게 있어 주저했다.

'작은 막사를 쓰시는 게 아니네.'

2급 기사 중에서는 수위권에 있는 실력자이며 교습에 강점이 있어서 왕국에서도 상당히 인정을 받는 나크 훈이라면 군데군데 보이는 소형 천막을 사용할 줄 알았는데 아니었다.

그런데 이상한 점이 더 있었다.

'스승님을 포함한 내상 환자 열 명은 자고 있는데 나머지는 모두 깨어 있어.'

막 거두려던 심안 스킬에 더 집중하니 깨어 있는 이들의 실력이 놀라웠다.

'셋은 최소한 검기 완숙자야!'

그 정도 실력이면 정령의 존재는 감지하고도 남는다. 스승인 나크 훈과 비슷한 실력이거나 높을 수도 있는 자들이 셋이나 되는데, 이런 시간에 깨어나 있다니 확실히 이상했다.

'아무래도 나를 기다리는 것 같은데.'

자신이 던전에 들어왔다는 소식은 게이트 입구의 요새에

있는 라비테르온 백작이나 에비앙 자작을 통해 전해졌을 것이다.

'그런데 왜 꼭 내가 은밀하게 찾아오는 것을 예상한 것 같지?'

상황으로 보아 1왕자군은 마치 스승인 나크 훈을 미끼로 자신을 잡으려는 것 같았다.

그게 이해가 가질 않았다.

자신과 온 클랜에 대한 소문이 많이 퍼져 있다지만 그래봐야 토벌군의 전력에 비하면 별다른 도움이 되지 못한다.

'무슨 이유인지는 모르지만 만나고 싶다고 만날 수 있는 내가 아니지.'

가온은 그 자리를 떠나 중앙 쪽으로 더 깊숙이 들어갔다. 뭔가 특별한 사정이 있는지 알아보려는 것이다.

그런데 얼마 지나지 않아서 몸에 닿는 한 줄기 마나 파장을 감지했다. 누군가 마나파를 방출하고 있는 것이다.

이상함을 감지한 순간 가온은 투명날개를 펼쳐 바로 하늘로 날아올랐다.

그가 단숨에 30미터 상공으로 올라갔을 때 가온이 있던 자리에 누군가 모습을 드러냈다.

'소드 마스터!'

나디아가 알려 준 바에 따르면 1왕자군에 있는 소드 마스터는 두 명으로, 한 명은 왕실 1기사단의 단장인 레오토르 백작이고 다른 한 명은 1왕자의 정치적 배경이라고 할 수 있는 헤모시 공작가의 기사단장인 홈멜이다.

'잘 다듬은 콧수염을 보니 레오토르 백작이겠군.'

오우거 가죽으로 제작한 하드레더를 착용한 소드 마스터는 부리부리하고 큰 눈과 잘 다듬어진 콧수염이 아주 인상적인 장년인이었다.

"각하, 무슨 일입니까?"

그가 나타난 주위의 천막에서 각각 한 명씩이 나왔는데 그중 체인메일을 걸친 기사가 물었다.

"작슨이군. 뭔가 수상한 기척을 감지했는데 그새 사라졌다."

"기다리던 손님이 온 걸까요?"

"아니, 그건 아닌 것 같아. 알려진 실력이라면 그사이에 사라지지는 못하니까. 그때부터 지금까지 감각에 걸리는 것이 아예 없어."

"혹시 저쪽에서 보낸 패밀리어일까요?"

정신계 마법인 패밀리어는 흑마법을 쓰는 자들이 많이 사용하는데, 곤충이나 쥐 혹은 새를 사역시킨 후 정보를 획득하기 위해서 목적한 장소로 잠입시키는 것이 보통이다.

"사제들이 성물을 이용해서 숙영지를 홀리필드로 만들었는데 그럴 리가. 뭐 새라면 가능한 일이긴 하지만 그렇게 빨리 도망치지는 못했을 텐데, 이상하군."

그동안 1왕자군이 10만이 넘는 죽음의 군단을 어떻게 상대했나 했더니, 이 정도 크기의 공간을 홀리필드로 만들 정도로 능력이 뛰어난 사제들이 가세하고 있었다.

"주위를 한번 돌아보고 올까요?"

"아니야. 굳이 자는 친구들을 깨울 필요는 없지. 그런데 작슨, 자네도 정말 온 클랜이라는 작은 용병대가 이 사태를 해결하는 데 도움이 될 수 있다고 믿나?"

"설마 나크 훈 님의 제자가 그 정도의 능력을 가지고 있겠습니까. 다만 그의 특기가 검술이 아니라 기발한 전술 전략이어서 대마법사께서 기대하는 것이 아닐까 생각합니다."

"하긴 이력을 보면 좀 특이하긴 해. 나크 훈의 제자면서 20대 중반에 벌써 검기 실력자가 된 것도 믿어지지가 않는데, 기사로 서임받을 생각은 안 하고 용병대를 운영하다니."

"정보 길드에서 보내온 정보에 따르면 그는 돈이나 명예 혹은 권력이 아니라 뭔가 다른 것을 추구하는 것일 가능성이 높다고 하지 않습니까. 확실히 특이하지요. 그래서 혹시 이곳까지 찾아왔다가 나크 훈 님만 만나 보고 사라질까 봐 감시 아닌 감시를 하는 중이 아닙니까?"

거기까지 들은 가온은 이들이 얘기하고 있는 대마법사가 실체가 없는 왕실 마탑의 탑주에 해당하는 라헨드라라는 사실을 떠올렸지만, 어떻게 그가 자신의 생각을 예측했는지 이해가 가질 않았다.

"나크 훈 경의 말이 사실이라면 랑트에 파견을 나갔을 때 연이 닿아서 그에게 며칠 동안 기초적인 검술을 가르친 것이 전부지만, 재질이나 인성이 마음에 들어서 활동을 할 때 자신의 성을 써도 좋다고 허락한 것뿐이라고 했네. 심지어 우리 왕국 출신도 아니라서 왕자님의 권위가 통하지 않을 거라고 했는데, 맞는 말일까?"

하늘에서 대화를 듣고 있던 가온은 내심 안도했다.

'스승님이 내가 이계인이라는 사실을 말하지 않았구나!'

자신이 부탁을 하긴 했지만 그런 식으로 말해 두었을 줄은 몰랐다.

사실 자신이 이계인이라는 사실이 밝혀져도 별로 달라질 것은 없다. 초랭커들의 배후 세력들에게 관심을 받긴 하겠지만, 그 정도는 그리 부담스럽지 않았다.

다만 나크 훈이 한 말대로라면 자신은 굳이 1왕자에게 쩔쩔매지 않아도 된다.

아그레시아 왕국민도 아니고 기사 직위에 연연하는 것도 아니며 나크 훈과의 인연도 깊지 않으니 1왕자 측에서 자신을 옥죌 수 있는 수단은 없는 것이다.

아마 나크 훈은 자신이 자유롭게 처신할 수 있도록 그렇게 말했을 것이다. 그래서 더욱 감사했다.

"사실일 겁니다. 작위나 공을 탐하는 자라면 알아서 찾아와 종군하겠지만 정보 길드에서 파악한 정보나 라비테르온 백작이 말한 내용이 사실이라면, 대마법사님의 말씀처럼 자신의 스승만 은밀히 만나고 따로 활동할 가능성이 높습니다."

가온은 이들이 자신을 기다리는 이유를 이제 알 수 있었다.

'대체 나한테 뭘 시키려고?'

자신만이 할 수 있는 일이 있는지 생각해 봤는데 아무리 생각해도 그런 건 없는 것 같아서 더 이상했다.

"정말로 그가 던전 클리어에 큰 변수가 될 능력이 있을까?"

"3서클의 마법을 쓸 수 있는 마검사입니다. 적어도 100년 안에는 그 정도의 마검사는 탄생하지 않았습니다. 아마 온이라는 그 친구는 낮에 대마법사님이 말씀하신 것처럼 권위가 아니라 용병으로 상대해야 할 겁니다."

"자금 운용에 문제가 있긴 하겠지만 대마법사의 조언대로 차라리 용병으로 대하는 것이 더 나을 수도 있네. 명예나 공을 탐하는 자들이 너무 많아."

"대마법사님께서 말씀하신 대로 변수를 만들어 낼 능력은 이미 확인되었습니다. 채 스물도 안 되는 작은 용병대의 순수한 전투력만으로 불가능에 가까운 의뢰들을 연속해서 완수했습니다. 사고의 틀을 깨는 전략과 전술을 사용하는 것이 분명합니다."

"3서클 마법까지 익힌 마검사이니 확실히 머리는 좋겠지. 흠. 대체 그자는 우리가 뭘 주면 의뢰를 받아들일까?"

"일단 용병을 표방하고 있으니 큰 보상금을 걸어야지요."

"다른 것을 노리고 던전에 들어왔다면 문제인데…… 일단 기다려 보자고. 아직 도착할 때는 아니니까."

"던전에 들어온 지 보름이 지났으니 아직 며칠 여유는 있습니다. 수송대도 게이트까지 갔다 오는 데 대략 이십 일 정도 걸리니까요. 그들은 수송대와 달리 숫자가 적어서 마수들과 몬스터들의 공격까지 받을 테니 시간은 더 걸릴 겁니다."

"참, 수송대는 출발했다고 하던가?"

"네, 다행히 블랙펄 상단에서 간신히 시간을 맞춘 모양입니다. 다만 보급품 중 일부는 확보하지 못했고 급하게 구한 터라서 물품 대부분은 저희가 원하는 품질보다 낮을 수 있다고 합니다. 그래서 꽤 많은 위약금을 물어내야 한다고 들었습니다."

"그래도 대형 상단이긴 하군. 다른 건 몰라도 특별히 주문한 화살이나 성물과 성수 그리고 중상급 이상의 포션들은 구하기가 아주 어려웠을 텐데. 아무튼 며칠만 고생하자고. 지금은 변수가 필요할 때니까."

"알겠습니다, 각하!"

그것을 끝으로 두 사람은 원래 있던 장소로 돌아갔다.

'스승님도 만나 뵈야 하고 얘기를 들어 보니 내게 큰 해가

될 것 같지는 않아.'

가온은 몰래 스승만 만나려던 계획을 철회하고 정식으로 이곳을 들르기로 했다.

설마 자신에게 리치 네크로맨서가 이끄는 죽음의 군단을 소멸시키라는 황당한 의뢰를 하지는 않을 것 같았다.

1왕자군의 숙영지를 벗어난 가온은 지난밤을 보냈던 은신 처로 향했다.

다음 날 아침, 가온은 어제 돌아보지 못한 산맥의 다른 곳을 살펴보기 위해서 진로를 사스 산맥의 왼쪽으로 바꾸었다.

'1왕자군이 이런 상태라면 2왕자군도 상황이 좋지 않을 것 같은데.'

얼마 지나지 않아서 아직은 죽음의 기운으로 오염되지 않은 수림지대가 나타났다. 산맥의 왼쪽을 따라서 길게 뻗어 있는 드넓은 수림지대를 향해 가까이 접근한 가온의 눈이 커졌다. 익숙한 나무들이 눈에 들어왔다.

'혹시 카농 나무?'

멀리서 보면 높은 키나 무성한 가지와 잎으로 비슷하게 보였지만 아니었다. 높이나 외양은 비슷했지만 잎은 더 작았고 끝부분은 가시처럼 좁았다.

그래도 열매는 아주 비슷했다. 한눈에도 돌처럼 단단해 보이는 열매는 카농 열매와 비슷한 크기로 익은 것이 거의 보이지 않아서 연녹색이었다.

조금 더 돌아보니 다른 나무들도 보이긴 했지만 카농 나무와 비슷한 나무가 압도적으로 많았다.

하늘을 날면서 보면 산맥의 왼편 수림지대는 온통 이 나무밖에 보이지 않을 정도였다.

키도 크고 가지도 울창해서 멀리에서 보면 이 나무들로만 이루어진 숲 같았지만 자세히 보면 식생이 아주 다양해서 카농 숲과는 달랐다.

아무튼 거의 1시간에 걸쳐서 사스 산맥의 왼쪽 부분을 남에서 북으로 올라가면서 비행을 했다.

물론 2왕자군의 숙영지는 금방 찾을 수 있었다. 산맥이 시작되는 지점에서 북쪽으로 대략 3분의 1 정도 진출한 곳에 있었다.

'진출한 거리만 보면 확실히 1왕자군보다 진척이 빠르긴 하군.'

2왕자군은 마핀이라고 불리는 거대 유인원의 기습을 대비하기 위해서인지 넓은 지역을 벌목하고 그 중앙에 높고 단단한 목책을 두른 숙영지를 건설했다.

적당한 곳에 착지한 가온은 모둔을 불렀다.

'어때? 열매에서 특별한 점이 느껴져?'

ー다른 것은 평범한데 카농 열매와 비슷한 열매는 아주 특별해요. 강력한 독도 있지만 그보다는 특별한 성질의 마나가 농밀하게 담겨 있어요.

'특별한 마나라고?'

─네. 제가 처음 보는 속성이에요.

'혹시 열매를 빨리 익힐 수 있겠어?'

일단 과일을 맛보면 속성을 알 수 있을지도 모른다는 생각이 들었다.

─그럼요. 어렵지 않아요.

모둔은 카농 열매와 비슷한 열매를 순식간에 익혀 버렸다.

'먹어도 되는 거지?'

─이 열매는 카농 나무의 열매처럼 모두 완전히 익었을 때만 독이 사라져요.

아삭!

먼저 카농과 비슷한 나무의 열매는 상당히 맛있었다. 사과와 배를 섞어 놓은 것 같은 식감도 그렇지만 당도도 나쁘지 않았다.

'맛으로는 알 수가 없네.'

가온은 그 자리에 서서 오행신공을 연공을 시작하면 벼리에게 변화를 살펴보도록 했다.

연공은 순식간에 끝났지만 가온은 특이한 것을 전혀 느낄수 없었다. 그만큼 변화의 폭이 미세하다는 의미다.

'벼리야, 어때?'

─마나가 33 올랐어요.

생각보다 많은 양이다. 다만 마나의 양이 적었을 때는 그 정도라면 변화를 알아챘을 테지만 지금은 인지하기 어려운 양임은 확실했다.

'그래? 다른 특별한 건 없어. 이를테면 속성은?'

가온은 오행신공을 익히고 있기 때문에 외계에서 들어온 마나는 그중 하나로 변환이 되어 축적된다.

─속성은 당연히 나무인데 좀 이상한 것이 있어요.

'뭔데?'

─오빠, 혹시 음양에 대한 이론은 아세요?

'동양의 철학에서 나오는 용어지? 내가 아는 건 세상만물의 근원인 기의 양면을 음과 양으로 분류한다는 정도야. 정확하게 이해한 것도 아니고.'

─사실 기라는 것이 그 어떤 이론으로도 완전하게 설명할 수 없지만 그래도 어느 정도 맞는 부분도 있긴 해요. 아무튼 과일에 농축되어 있는 마나는 목 속성인데 생기, 즉 자세하게는 양차원의 에너지라고 분류할 수 있어요.

'양차원?'

벼리의 설명이 이어질수록 이해하기가 더 어려웠다.

'그러니까 목 속성의 마나에 생기가 섞여 있다는 건가?'

─그렇게 이해해도 무방해요. 모든 속성의 마나는 음과 양이라는 세부적인 성질을 가지고 있지만, 평소에는 그중 하나가 우세하거나 균형을 이루고 있어요. 도서관에 있던 서책에

도 그에 대한 내용이 있으니 알려 드릴까요?

'아, 아니야. 아무튼 내게 무해한 거야?'

자세한 설명을 듣는다고 이해할 수 있을 것 같지는 않았다.

―오행신공은 세상의 모든 마나를 오행의 속성으로 분류해서 축적하기 때문에 상관은 없어요. 다만 오행기가 균형을 잃고 음속성을 띠게 된다면 죽은 자의 육체와 영혼을 쉽게 다룰 수 있어요. 양속성이 훨씬 강하면 생기를 크게 북돋을 수 있고요.

'설마 네크로맨서가 될 수도 있다는 거야?'

―네크로맨서의 능력을 발휘하는 것은 지금도 가능해요. 흑마법과 소환술을 익혀서 자주 사용하면 자연스럽게 오행기가 음속성을 띠게 될 수 있어요.

가온은 자신이 지금이라도 네크로맨서가 될 수 있다는 벼리의 말에 순간 혹했지만 이내 고개를 저었다.

이미 영혼이 떠난 사자(死者)의 뼈나 신체를 사용하는 것은 그나마 괜찮았는데, 성불해야 할 영혼을 이용하는 것은 좀 꺼려졌다.

'이 열매를 맺는 나무는 어때?'

―아주 강력한 양차원의 에너지를 방출하고 있어요. 그래서 죽음의 기운도 10미터 안으로는 확산하지 못하고 있어요.

'호오!'

꽹장히 흥미로운 사실이다.

세상이 음양의 조화로 이루어졌다는 선대의 철학이 사실이라면 죽음의 기운에 상극인 이 나무가 거대한 수림지대를 이루고 있는 것이 아주 절묘했다.

―참고로 양차원의 에너지는 미량일 경우 보통의 인간들에게는 큰 도움이 될 거예요. 생기를 북돋운다는 건 건강해진다는 것을 의미하니까요.

'그럼 죽음의 기운은 앙헬에게 도움이 될까?'

―마계의 마나를 마기라고 부르는데 흑마력이라고 부르는 죽음의 기운과 비슷하니 그렇지 않을까 싶어요. 양차원의 에너지는 해가 될 테고요.

앙헬을 불러서 확인을 했더니 벼리의 말이 틀렸다.

―주인님, 제가 과일을 좀 챙겨도 될까요?

과일을 맛본 앙헬이 입맛을 다시며 부탁을 했다.

'네겐 큰 도움이 안 될 텐데.'

―제가 이 산맥 전체를 잠식하고 있는 죽음의 기운을 흡수하는 데 이 과일이 도움이 될 것 같아요.

'도움이 된다고?'

―네. 죽음의 기운만 흡수하면 균형이 무너지거든요.

앙헬도 음양이 어느 정도 조화를 이루어야 한다는 사실을 아는 것 같았다.

'어려울 건 없지. 나도 가끔 먹어야겠다.'

가온은 내친김에 세 정령까지 불러내어서 근처 수림지대의 나무에서 익기만을 기다리는 열매를 모두 따도록 했다.

－그럼 언제든 원하시면 열매는 제가 익힐게요.

모둔이 있어서 정말 다행이다. 언제라도 잘 익은 과일을 먹을 수 있으니 말이다.

그런데 혼자 남은 모둔을 보는 순간 갑자기 한 가지 생각이 들었다.

'모둔, 넌 어떤 종류든 에너지를 흡수할 수 있다고 했지?'

－네. 하지만 바로 제가 원하는 에너지로 변환해서 사용하는 것은 아니고 이런 식으로 에너지 구를 만들어서 필요할 때 사용하고 있어요.

모둔이 손안에 잡으면 쏙 들어올 크기의 녹색 구체를 꺼내어 보여 주었다.

'그럼 죽음의 기운도 흡수해서 이런 식으로 만들 수 있는 거야?'

－당연하죠.

모둔의 자신만만한 대답에 가온은 내심 흥분했다.

'그럼 아까 고원에 퍼져 있는 죽음의 기운을 모두 흡수하는 데 얼마나 걸릴까?'

－굉장히 오래 걸릴 거예요. 인간의 시간으로는, 음, 대략 100년은 걸릴 것 같아요.

좋다가 말았다. 물론 그 정도 시간에 사스 산맥을 덮고 있는 죽음의 기운을 모두 흡수할 수 있다는 것만 해도 대단하지만 지금 당장 큰 도움은 되지 않았다.

'아!'

그래도 올라운더를 추구하는 자신에게 도움은 될 수 있을 것 같았다.

'죽음의 기운을 이용해서 스켈레톤 정도를 이용하는 건 괜찮겠다.'

소수 정예를 추구하는 가온이지만 죽음의 군단처럼 엄청난 숫자가 가지는 이점도 충분히 알고 있었다.

'모둔, 그럼 이제부터 가능한 한 오래 밖에서 머무르면서 죽음의 기운을 흡수해서 그런 에너지 구로 만들어 주지 않을래?'

─좋아요. 어차피 생명의 땅을 가꾸는 것은 엘프들이 열심히 하기로 했으니 당분간 따로 할 일은 없어요.

모둔은 가온과 함께 나와 있는 것이 좋은지 환한 얼굴로 세 쌍의 날개를 펄럭이며 그의 주위를 돌았다.

가온이 이 수림지대의 주인이라고 알려진 마핀이라는 거대 유인원을 찾아볼까 망설이는 사이에 앙헬이 만족할 만큼 엄청난 열매를 따 왔다.

'뭐 당장 거대 유인원을 상대할 건 아니니까.'

거대 유인원을 후와 정도로 생각하고 있는 가온은 다시 출발해서 이번에는 산맥 건너편으로 날아갔다.

'고원의 황무지와는 다르네.'

색깔부터가 달랐다. 고원은 죽음의 기운에 오염되어서 그런지 불길한 검은색이었지만 3왕자군의 진로인 황무지는 풀한 포기 자라지 않아서 그런지 짙은 황토색이었다.

그 황무지 지하에는 거대한 동체에 포악하고 공격성이 강한 자이언트 웜이 서식하고 있다. 본 적은 없지만 검기로도 제대로 뚫거나 벨 수 없을 정도로 단단한 거죽과 뭐든 삼켜서 바로 소화를 시키는 마수라고 들었다.

주위가 온통 황무지라서 그런지 3왕자군의 숙영지는 금방 찾을 수 있었다. 산맥이 시작되는 지점에서 그리 멀지 않은 곳이었다.

그런데 숙영지가 좀 이상했다. 거대한 바위를 통나무처럼 깎아서 땅속 깊이 박는 방식으로 수없이 많은 기둥을 만든 후 그 위에 나무를 켜서 만든 판자를 깔아서 만든 형태였다.

'왜 이렇게 어렵게 숙영지를 만들었지?'

아예 이곳에 주둔하려는 것일까? 인원수에 비해서 숙영지의 크기나 건물의 수가 적기는 하지만 만약 이동을 해서도 이런 식으로 매번 숙영지를 건설하려면 보통 일이 아니다. 마나를 운용할 수 있는 자들을 전부 투입한다고 해도 최소한 몇 시간은 걸릴 것이다.

다른 특징도 있었다. 조용해도 너무 조용했다. 분명히 안에 사람들이 있는 것은 확실한데 경계를 서는 병력도 극소수에 불과했고 소음도 거의 나지 않았다.

'희한하네.'

이쪽에도 소드 마스터가 있었기에 숙영지 내부로 들어갈 생각은 없었지만, 왜 숙영지나 분위기가 이상한지 이해가 가질 않았다.

'뭐 지금 당장은 신경 쓸 필요는 없겠지.'

던전을 클리어하려면 자이언트 웜도 상대를 해야 하지만 그렇다고 3왕자 측과 연결될 일은 없을 테니 굳이 신경을 쓸 필요는 없을 것이다.

오후 늦은 시간이 되어서야 사스 산맥의 탐색을 마친 가온은 대원들이 있는 곳으로 날아갔다.

그런데 중간에 한 가지 생각이 났다.

'블랙펄 상단이 수송하고 있던 보급품을 확인하지 못했구나.'

적당한 곳에 내린 가온은 건과를 씹어 먹으면서 마차에 실려 있던 무기와 방어구 들부터 확인했다.

'상품이네.'

검이나 창의 경우 마법검까지는 아니지만 그래도 샤프니스 마법과 강화 마법이 인챈트되어 있었다.

그런데 화살은 좀 달랐다.

'이런 종류의 화살은 본 적이 없는데.'

대략 3만 발 정도 되는 화살 중에 끝이 뭉툭한 것들이 절반이 넘었는데, 화살대부터 시작해서 둥근 촉까지 기이한 문양이 새겨져 있었다.

'뭐지?'

ㅡ오빠, 그건 폭발하는 화살이에요!

벼리가 놀라서 의념을 보내왔다.

'이런 화살이 있다고?'

ㅡ화살에 마법진을 새겼고 촉에는 상극인 마나가 담긴 마나석 두 개를 연결해서 붙였어요. 익스플로전 마법의 3할에 해당하는 폭발 위력을 가지고 있는 것 같아요.

'호오! 탄 차원에도 이런 화살이 있었구나.'

마법이 발달했기에 굳이 화약을 사용할 필요가 없는 세상이라서 이런 무기가 있을 줄은 몰랐다.

ㅡ제가 수집한 정보로는 이제까지 없던 화살이에요. 아무래도 지구인들의 아이디어가 가미된 것 같아요.

플레이어들이 관여했다면 발상을 바꾼 이런 무기가 등장하는 것도 무리는 아니다. 게다가 이성이 없는 죽음의 군단을 상대하려면 이런 폭발하는 화살이 큰 도움이 될 테니 말이다.

가죽을 기본으로 해서 여러 부위에 연성이 높은 금속판을 결합시킨 방어구는 특별하지는 않았지만 무척 질기고 견고

한 것이 특징이었다.

'방패도 있네.'

팔뚝에 차는 라운드실드로 상체를 가릴 수 있어서 보통은 병사들이 많이 사용하기에 토벌군 전체를 커버할 수 있을 정도로 많은 방패를 왜 주문했는지 모르겠다.

방어구는 특별할 것이 없었지만 강철로 만든 체인 메일은 대원들에게 입히면 방어력이 높아질 것 같았다.

이제 남은 건 블랙펄 상단의 상두와 호위대장으로 보이는 자가 가지고 있었던 아공간 아이템이다.

아공간 주머니 세 개에는 곡물과 육류 그리고 다양한 건과와 건육 등으로 가득 채워져 있었지만, 나머지 하나는 달랐다.

'이게 뭐야?'

네 번째 주머니의 아공간 크기가 남달랐다. 적어도 마차 오십 대 분은 될 것 같은 크기의 아공간을 가지고 있었다.

'유물은 아닌 것 같은데 이렇게 용량이 큰 공간 아이템이 있다고?'

새로 개발한 것인지 아니면 극비리에 유통이 되고 있는지는 알 수 없었지만 이 정도면 초대형이라고 해야 할 것 같았다.

안을 살펴보던 가온의 눈이 빠르게 커졌다.

가장 먼저 눈에 띈 것은 공성용 발리스타 100개와 강철로 만들어진 5천여 개에 달하는 거대 화살이었다. 아무래도 거대 마수나 몬스터를 상대할 때 쓸 모양인데 절반은 아까 확인했던 특수 화살처럼 폭발하는 촉을 달고 있었다.

거대화 스킬이 있는 자신에게는 크게 효용가치가 없었지만 대원들에게는 도움이 될 것 같아서 흐뭇했다.

그런데 나머지를 확인한 가온의 눈이 빛났다.

'네 개의 상급 치료 포션을 포함한 포션만 1만여 개에 달하고 텔레포트를 포함한 매직 스크롤이 300개, 중급은 될 것 같은 해독 반지가 1천 개, 성물이 상급 하나에 중상급이 12개, 중급이 100개, 중하급이 3천 개나 된다고?'

가온은 왕자들이 특별히 주문했을 것이 분명한 내용물을 확인하고 내심 걱정이 되었다.

'너무 큰 것을 털어 버렸네.'

뭐 드러내 놓고 사용만 하지 않으면 될 것이다.

마지막 두 개의 아공간 주머니는 상행의 책임자와 그를 끝까지 호위하던 자의 것으로 보였는데, 놀랍게도 골덴과 골드부터 시작해서 상위 등급의 포션들과 스크롤 등 다양한 보물로 가득했다.

'엄청 빼돌린 모양이네. 그게 아니라면 믿을 수가 없어서 보물을 본인이 항상 소지하고 다녔던지.'

아무리 블랙펄 상단이 제국 전역에서 활동하는 대형 상단이라고 해도 부단장과 수신호위에 불과한 자들이 가지고 있을 정도는 아니었다.

아이템들이 엄청나게 많았지만 지금까지 살펴본 것만으로도 배가 불렀고 더 이상 시간을 지체할 수 없기에 확인하는 건 나중으로 미루었다.

1왕자군

안전텐트가 쳐져 있는 숙영지로 돌아가니 대원들이 수련을 마치고 저녁을 준비하고 있었다.

"대장님!"

수련이 끝나고 물의 정령에게 부탁을 했는지 몸을 깨끗하게 씻은 세르나가 부드러운 바람에 긴 은발을 말리고 있다가 착지하는 가온에게 달려왔다.

"잘 잤어요, 세르나. 별일 없었지요?"

"네, 안전텐트 덕분에 접근하는 마수나 몬스터도 없고 잠은 언제나 푹 자는걸요. 정말 신기한 아이템이에요."

마침 그녀 쪽에서 바람이 불어오자 그녀 특유의 싱그러운 체향과 함께 말리고 있는 머리에서 향기가 전해졌다. 익숙한 그녀의 체향을 맡는 순간 루시아에서 돌아올 때 등에 밀착되었던 그녀의 부드러운 몸과 체온이 떠올랐다.

'향수를 쓰는 것도 아닌데 이렇게 싱그러운 체향이라니.'

가온은 자신도 모르게 향기를 들이마시며 작은 미소를 지었는데, 그 모습을 본 세르나의 얼굴이 보기 좋게 달아올랐다.

"대장님은 어땠어요?"

"스승님을 찾긴 했는데 토벌군의 상태도 그렇고 던전의 상황이 별로 좋지 않더군요."

"그럼 어떻게 하시려고요? 따로 움직이실 건가요?"

여기까지 오는 동안 정확한 행선지를 결정하지 않았기에 앞으로 어떻게 움직일지에 대해서는 대원들 간에도 의견이 갈렸다.

"1왕자군을 잠깐 살펴봤는데 우리를 기다리는 것 같았습니다."

"하지만 그쪽으로 합류하면 언데드를 상대해야 하는데……."

말에서 강한 거부감이 드러나는 것을 보니 세르나는 정령 검사이기는 하지만 여자인지라 본능적으로 언데드가 꺼려지는 모양이다.

"상대가 강하면 강할수록, 수가 많으면 많을수록 많은 명예 포인트를 얻을 수 있을 겁니다."

"아!"

명예 포인트를 언급하자 세르나의 태도가 바로 바뀐다.

한번 명예 포인트를 받아 갓상점에서 사용하게 되면 그것이 얼마나 큰 행운인지 알게 된다. 멀리 가서 위험을 무릅쓰지 않아도 명예 포인트만 있으면 자신이 필요로 하는 모든 것을 구할 수 있는 것이다.

세르나 역시 갓상점을 통해서 자신에게 꼭 필요한 아이템을 구했다. 정령 친화력을 거의 두 배로 높여 주는 팔찌였는데 그 효과는 어마어마했다.

"대장님 말씀대로 그쪽으로 가야겠어요. 언데드나 네크로맨서는 루 여신이 증오하는 존재들이니 명예 포인트를 많이 획득할 수 있는 절호의 기회예요!"

"거기에 죽음의 군단을 박살 내지 않으면 던전을 클레어할 수 없고 그렇게 되면 엄청난 보상도 받지 못할 겁니다."

"명예 포인트 때문이라면 반드시 1왕자군에 합류해야겠네요. 10만이 넘는 죽음의 군단을 우리의 힘만으로는 처리할 수 없으니까요."

방금 일어나서 나온 것 같은데 화장이라도 한 듯 맑고 투명한 얼굴로 나타난 나디아의 말이었다.

"하지만 언데드를 상대할 수 있는 최소한의 준비도 갖추지 못해서 걱정이에요."

"호호호. 걱정하지 마세요. 대장님은 언데드를 상대할 준비를 이미 해 두셨답니다."

아직 로그아웃을 하지 않았는지 안전텐트의 뒤쪽에서 걸어 나오는 헤븐힐의 말에 세르나와 나디아가 흠칫 놀라며 가온에게 다시 시선을 돌렸다.

"매디는 훌륭한 사제이며 나 역시 미약하지만 신성력을 사용할 수 있습니다. 그리고 예전에 구울 던전을 공략했을 때 준비했던 물건들도 고스란히 남아 있고요. 게다가 곧 도착할 수송대가 가지고 올 보급품 중에는 언데드를 상대할 성물 등 관련 아이템들이 포함되어 있을 겁니다."

가온의 말을 들은 세르나와 나디아가 고개를 끄덕였다. 그렇다면 걱정할 일은 없었다.

'무엇보다 대장님은 소드 마스터. 비록 입문자 실력이라지만 지성을 완전히 발휘할 수 없는 데스나이트는 충분히 상대할 수 있어.'

가온만 곁에 있으면 언데드 따위는 걱정할 필요가 없다는 얘기다.

식사를 하면서 행선지와 그 이유를 얘기해 주자 대원들은 아무도 반론을 제기하지 않았다. 이미 가온이 숙영지에 도착한 직후에 세르나 등과 한 얘기를 들은 것이다.

다음 날 새벽, 가온은 대원들이 출발 준비를 할 때 모두에게 성물 하나와 은도금을 한 무기, 그리고 성수가 들어 있는 작은 물통 하나씩을 나눠 주었다.

사스 산맥 전역으로 죽음의 기운이 확산되고 있으니 도중에 언데드와 조우할지도 모른다고 생각한 것이다.

그런데 그 예상이 맞았다.

수많은 발길로 자연스럽게 닦인 길을 통해 산을 2시간 정도 올랐을 때 선두에서 이동하던 가온이 손을 높이 들었다. 정찰을 맡긴 카오스가 땅속에 매복하고 있는 구울 무리를 발견한 것이다.

재빨리 말에서 내린 대원들은 일제히 무기를 빼 들었다.

"구울로 짐작되는 언데드가 길목에 매복해 있으니 모두 무기를 은도금한 것으로 바꾸시오!"

가온의 외침을 들은 대원들은 일제히 가온이 지급해 준 은도금 무기로 마꾸었다.

"매디, 축복을 걸어 줘!"

매디가 바로 대원 모두를 대상으로 축복을 내려 주었고 랄프는 대원들의 말들을 챙겨 뒤로 물러났다.

그렇게 전투태세를 갖추고 조금 더 올라가자 이제까지의 산길과 달리 왠지 음습하고 서늘한 기운이 풍기는 너른 공터가 나왔다. 아마 1왕자군이 산을 오르며 잠시 쉬어 갔던 터일 것이다.

투명날개를 장착한 가온이 먼저 하늘 위로 날아가더니 은도금을 한 창을 어느 한 곳을 향해 빠른 속도로 던졌다.

푹!

크아아악!

소름 끼치는 비명과 함께 바닥에서 구울 한 마리가 흙을 헤치고 나오다가 무너졌는데, 머리통에 은도금한 창의 자루가 삐죽 나와 있었다.

그게 신호였다.

넓은 공터 바닥의 이곳저곳에서 흉측한 몰골을 하고 있는 구울들이 튀어나왔다.

좀비보다는 지능이 높긴 하지만 마찬가지로 생자의 피와 고기를 갈구하는 구울들의 붉은 눈은 곧 대원들을 향했고, 놈들은 놀라운 속도로 대원들을 향해 달리기 시작했다.

구울의 숫자는 대략 200마리로 공터는 삽시간에 놈들로 가득 차 버렸다.

그때였다.

"홀리필드!"

가온의 조언대로 갓상점에서 구입한 스킬 강화권으로 진화를 시킨 매디의 홀리필드가 펼쳐지자 불길한 기운으로 가득했던 공터의 절반이 신성한 빛에 휩싸이더니 구울들의 움직임이 급작스럽게 느려졌다.

"파이어!"

헤븐힐과 마론, 바로, 그리고 나디아가 1서클에 불과하지만 그래서 더욱 큰 규모의 화염을 만들어 내기가 무섭게 정

예지몽으로
히든랭커

령사들이 바로 전에 소환했던 바람의 정령들로 하여금 강풍을 일으켜서 화염을 공터 쪽으로 날려 보냈다.

화르르.

마법사들이 생성하는 화염은 바람의 정령이 만들어 내는 강풍에 계속 공터 쪽으로 날아가서 몸이 굼떠진 구울들을 덮쳤다.

정령이 만들어 낸 바람은 그냥 한 방향으로만 부는 것이 아니라 정확히 구울을 노렸기에 구울들은 피할 수도 없었다.

파이어 마법은 1서클에 불과하지만 파이어 볼처럼 단발성이 아니라 마나만 주입하면 계속 유지되는 지속형 마법이다.

화염에 휩싸인 구울들은 끔찍한 비명을 지르며 바닥을 구르는 등 몸에 붙은 불을 끄려고 했지만 소용없었다. 마법적인 불은 마나가 소진될 때까지 꺼지지 않았다.

구울들이 대원들이 있는 공터 입구 쪽에 거의 도착했을 때는 이미 50여 마리는 불에 타서 새까맣게 변해 있었다.

화염이 사라지고 마법사들이 뒤로 물러나자 전사들이 부채꼴로 퍼지면서 구울들을 향해 달려들었다.

구울이 빠르기는 하지만 쾌보를 사용하는 대원들은 더 빨랐다. 대원들은 구울의 송곳니와 긴 손톱 공격을 피해 움직이면서 은도금한 도검과 창에 검광이나 검기를 생성해서 놈들의 목을 자르거나 머리통에 구멍을 냈다.

생자의 피와 고기에 환장을 하는 구울들은 전사들에게 이끌렸지만, 일시에 많은 놈들이 몰려들면서 일부는 전사들 사이를 통과했다. 1서클 마법이지만 마법을 연사했던 마법사들이 위험해진 것이다.

하지만 걱정할 필요는 없었다. 마법사들을 위해 따로 배정한 대원들이 있었다. 바로 정보 길드 출신의 네 대원이었다.

그들은 아직 예전에 지녔던 마나는 완전히 되찾지 못했지만 기량만큼은 그에 못지않았다.

검광으로 찬란하게 빛나는 검을 휘둘러 구울들의 목을 잘라 내고 있었다.

거기에 스톤의 활시위가 튕길 때마다 은도금을 한 화살이 날아가서 구울의 이마에 박혔다. 은도금도 모자라서 성수까지 묻힌 화살은 네크로맨서가 죽음의 기운을 뭉쳐 만든 코어를 부수고 있었다.

그런 다섯 명을 통과하는 구울이 있다고 해도 걱정할 필요는 없었다. 거대한 방패로 마법사들을 가리고 있는 랄프가 다른 한 손에 쥐고 있는 쇠사슬을 휘두를 때마다 어른 머리통 크기의 철구가 날아가서 구울의 머리통을 곤죽으로 만들어 버렸다.

하늘에 떠 있는 가온은 어지간하면 전투에 끼어들지 않았다. 전황을 한눈에 살펴보면서 위험하다 싶을 때만 은도금 한 창을 던지는 것이 전부였다.

대원들은 침착하게 자신이 맡은 역할에 충실했고 10여 분이 지나자 더 이상 움직이는 구울은 보이지 않았다. 구울들을 이끌어야 할 구울 보스는 처음 가온이 던진 창에 꿰뚫려 죽었기에 전투는 더욱 쉬웠다.

하지만 그게 끝은 아니었다. 언데드는 코어가 있는 머리통을 완전히 박살 내야만 했다.

대원들은 중병기로 잘린 상태에서 육신을 찾아 움직이고 있는 흉측한 구울의 머리통을 부수기 시작했다.

사냥이 완전히 마무리된 후에야 바닥으로 내려온 가온은 대원들에게 휴식을 하도록 하고 마무리를 맡았다. 혹시라도 죽지 않은 놈이 있다면 위험한 일이지만 아무도 걱정하지 않았다.

가온은 파워 드레인 스킬을 펼쳐서 새까맣게 타 버린 놈들을 제외하고는 알뜰하게 마나를 흡수하는 한편 사체에 성수를 뿌려서 다시 네크로맨서에게 이용당하지 않도록 마무리를 했다.

'이게 죽음의 기운이군.'

서늘하면서도 무겁고 음습한 성질의 마나였다.

가온은 그냥 선 채로 음양신공을 연공해서 순식간에 죽음의 기운을 순화시켜서 자신의 것으로 만들었다.

'별로네.'

늘어난 마나의 양은 많지 않았다. 파워 드레인 스킬의 마나 흡수 효율이 꽤 높아졌지만 구울 150여 마리로부터 겨우

200도 안 되는 마나만 얻은 것이다.

'앞으로 언데드를 상대로는 파워 드레인을 안 펼치는 것이 낫겠네.'

효율이 너무 안 좋았다.

"수고하셨어요, 대장님. 그런데 이놈들은 수송대를 노린 걸까요?"

세르나가 다가오며 말했다.

"그럴 겁니다."

"리치가 한 짓이겠지요?"

보통은 그게 맞을 테지만 가온은 어쩐지 아닐 것 같았다.

"글쎄요."

단번에 10만이 넘는 죽음의 군단을 움직일 수 있는 리치 네크로맨서가 과연 이런 매복 작전을 지시했을지는 알 수 없다. 가온이라면 별로 신경을 쓰지 않을 것 같았다.

"제가 보기에도 이상해요. 리치가 된 네크로맨서가 생전의 지능을 그대로 유지한다는 것이 정설이기는 하지만 자잘한 부분까지 신경을 쓸 것 같지는 않거든요. 또 다른 네크로맨서나 흑마법사가 가세한 것이 아닌지 모르겠어요."

나디아 역시 가온처럼 이상하게 여기는 것 같았다.

'어쩌면 인간들이 개입했는지도 모르겠네.'

이미 탄 차원이 아닌 다른 차원의 엘프들을 만난 적이 있으니 리치 진영에 인간 마법사, 특히 사령술사나 흑마법사가 있다고 해도 전혀 이상하지 않았다. 그리고 그런 자들이라면 구울을 이용한 이런 매복 작전을 구사할 법도 했다.

"자, 다시 출발합시다!"

온 클랜원들은 이 정도 전투로는 전혀 지치지 않았다. 실전이라서 긴장은 좀 했지만 구울 정도는 쉽게 상대할 수 있다는 자신감을 얻었기에 말 위로 오르는 몸은 무척 가벼웠다.

매복은 그게 전부가 아니었다. 달리아 고원의 입구에 도착할 때까지 무려 세 번이나 매복하고 있던 스켈레톤들을 처리해야 했다.

물론 구울에 비하면 스켈레톤들은 쉽게 처리할 수 있었다. 수만 많았지 전투력은 구울보다 많이 떨어졌기 때문이다.

다만 언데드의 매복 때문에 새벽에 출발했지만 늦은 오후가 되어서야 달리아 고원의 입구에 도착했다.

그런데 아직 매복이 남아 있었다. 마지막 매복지는 놀랍게도 숙영지의 한쪽 입구인 협곡과 300미터도 떨어지지 않은 곳이었고, 땅속에 숨어 있던 구울의 숫자도 300마리나 되었다.

숙영지 쪽에서도 경계를 하는 병력이 있었기에 구울들이

사람들을 공격하는 모습을 보고 놀라서 일단의 무리가 황급히 달려왔는데, 그들이 도착했을 때는 이미 온 일행이 구울을 거의 다 처리한 상태였다.

숫자가 300마리라고는 해도 이젠 대원들도 요령이 생겼다. 이번이 다섯 번째이다 보니 매디의 홀리필드의 범위가 좀 더 확장되었고, 대원들 역시 구울을 효과적으로 상대하는 요령을 깨우친 것이다.

가온이 화염에 타거나 머리통을 잃은 구울의 몸에 성수를 뿌려 마무리를 하는 모습을 조금 떨어진 곳에서 지켜보던 일단의 무리는 대원들이 무기를 거두자 천천히 접근했다.

"그쪽은 누구인가?"

아마 수송대인 줄 알고 달려왔을 한 기사가 외쳤다.

"우리는 온 클랜입니다!"

퍼슨의 대답에 체인메일에 흰색의 긴 망토를 걸친 기사가 흰색의 투구를 벗으며 빠른 걸음으로 접근했다.

"온 훈 대장이 누구인가?"

"접니다."

마지막 구울에게 성수를 뿌린 가온이 그를 향해 걸어가면서 대답했다.

"잘 왔네. 나는 레번스 해커라고 하네."

―레번스 경은 자애의 신전 출신의 성기사로 왕실 기사단에 파견되어 근무하는 기사예요. 아직 1급으로 올라섰다는 얘기는

듣지 못했고 이명은 단죄의 검이에요!

순간 나디아가 전음을 사용해서 레번스에 대해서 알려 주었다.

"단죄의 검을 만나 뵈어 영광입니다. 온 훈이라고 합니다."

"허어. 내 허명도 알고 있었소?"

레번스는 초면이지만 꽤나 유명한 용병대장이 단번에 자신을 알아보자 입꼬리를 실룩이며 물었다.

"레번스 님의 위명은 많이 들었습니다."

"부끄럽기만 한 허명이오. 그나저나 정녕 놀랍군. 채 스물도 안 되는 인원으로 거의 300에 가까운 구울을 이렇게 빨리 소멸시키다니."

"다행히 은도금을 한 무기와 성수를 소지하고 있었기에 가능했던 일입니다."

"나는 그대의 스승인 나크 훈 남작과 사사로이 연이 있으니 그리 겸손하지 않아도 되네. 스승을 만나러 왔겠지?"

"그렇습니다. 그나저나 산 아래에서 여기까지 올라오면서 매복했던 구울과 스켈레톤 무리가 넷이나 더 있던데, 설마 언데드들에게 포위된 겁니까?"

이곳을 제외하고도 산 아래까지 이어지는 길에 매복한 언데드 무리가 넷이나 된다는 사실에 레번스는 깜짝 놀랐다.

"아니네. 하지만 충격적이군. 우린 구울과 스켈레톤 무리가 매복을 하고 있다는 건 전혀 모르고 있었네. 아무래도 수송대를 노리는 것 같은데 온 클랜이 아니었다면 큰일이 날 뻔했군."

레번스는 그 말과 함께 발을 빨리했다. 구울과 스켈레톤 무리가 산 아래로 연결되는 길목 곳곳에 매복하고 있었다는 사실은 최악의 경우 산 아래로 퇴각하는 것까지 염두에 두고 있는 1왕자군에게는 굉장히 중요한 정보였다.

숙영지에 도착한 가온은 먼저 나크 훈이 머물고 있다는 막사로 안내를 받았고 대원들은 그 옆에 있는 빈 대형 막사를 배정받았다.

어젯밤에 잠입을 했을 때 들었던 상황이라면 바로 1왕자를 포함한 수뇌부를 만나는 것이 먼저였을 텐데, 전혀 예상하지 못했던 상황 때문에 일정이 바뀐 것 같았다.

'산 아래로 내려가는 길목에 구울과 스켈레톤 무리가 매복한 것 때문에 수뇌부가 나눌 얘기가 있겠구나.'

1왕자군에게는 후방을 걱정해야 할 정도로 심각한 일이겠지만 가온에게는 별상관이 없었다.

"어서 오너라."

오랜만에 만난 나크 훈은 마치 병자처럼 보였다. 얼굴에는 혈색이 없어 창백했고 작은 움직임도 힘들어하고 있어 상당히 심각한 내상을 입었음을 알 수 있었다.

다행히 1왕자군은 나크 훈에게 따로 감시자를 붙이지는 않아서 가온은 온 클랜원들을 나크 훈에게 소개한 후 독대할 수 있는 시간을 가질 수 있었다.

　"일단 이것들부터 드십시오."

　"험! 이건 중상급 포션이 아니냐?"

　"네. 다른 하나는 치유력을 높여 주는 비약입니다. 혹시 몰라서 챙겨 왔는데 함께 복용하면 상급 포션에 가까운 효과가 있습니다."

　"……고맙구나. 오래 연을 맺은 것도 아니고 내가 가르친 것은 그야말로 기초에 불과할 텐데 날 여전히 스승으로 생각해 주는구나."

　나크 훈은 1왕자군에서도 이젠 비축분이 거의 없는 중상급 치료 포션을 받고 눈시울을 붉혔다.

　중상급 포션은 수뇌부와 1급 기사 이상만 사용할 수 있어 내상을 입었음에도 이제까지 제대로 치료를 하지 못했는데, 잠시 인연을 맺은 제자가 가지고 왔으니 감동을 받지 않을 수 없었다.

　"한번 모신 스승은 영원한 스승입니다."

　"수송대로부터 꾸준히 네 소문을 들었다. 너, 실은 내게 가르침을 받을 때 이계인도 아니고 초보도 아니었던 거지?"

　나크 훈이 그렇게 의심하는 것도 무리는 아니다. 검을 제대로 다루지 못하는 이가 채 1년도 지나지 않아서 자신과 비숫한 경지가 되는 것은 불가능하니 말이다.

"사정은 있지만 발설하지 않기로 맹세를 했습니다. 하지만 사특한 마음으로 스승님을 속이거나 명예로운 성인 '훈'을 언급하고 다닌 적은 없습니다."

"그래. 그렇겠지. 책망을 하려는 것이 아니다. 오히려 너를 통해서 내 위상이 올라갔으니 이득을 생각하면 내가 과하게 얻은 것이지. 그래서 나 역시 네가 전사의 전당에 찾아온 일이나 이계인으로 행세했다는 사실은 아예 숨겼다. 나중에 사정이 되면 네 비밀을 말해 주거라."

"반드시 그렇게 하겠습니다. 어서 포션부터 드셔야 합니다."

곧 1왕자 진영에서 호출을 할 텐데 그 전에 스승이 회복되는 것을 확인해야 마음이 편할 것 같았다.

"그래. 내상을 치료해야 내가 너에게 작은 힘이라도 될 수 있으니 그렇게 하마."

결연한 얼굴을 한 나크 훈이 허니비의 로열젤리와 꿀 성분이 들어 있는 비약과 포션을 차례로 마셨다.

"치료를 촉진하기 위해서 신성 마법을 펼칠 테니 거부하지 말고 받아들이세요."

"신성 마법까지 배웠더냐?"

"네. 우연히 연이 닿아서 몇 가지 마법을 배웠습니다."

"장하구나. 소문에 네가 마검사라고 하더니 정말이었구

나."

"마법 스승님이신 볼코트 님께서 연금술에 조예가 깊으십니다. 곧 약효가 돌 테니 마나의 흐름을 관조하십시오."

"알겠다."

나크 훈은 좌정을 하고 앉아서 눈을 감고 위에서부터 시작되는 치유의 기운을 관조하기 시작했다.

내상 치료는 순식간에 끝이 났다. 허니비의 로열젤리와 꿀은 자가 치유력을 최대로 높여 주었고 홀리 큐어는 손상되었던 근세포와 신경 그리고 마나로드와 미세혈관의 치료와 복원을 촉진했기 때문이다.

나크 훈이 감았던 눈을 뜨자 순간 정광이 뿜어져 나왔고 창백했던 얼굴에는 보기 좋은 홍조가 떠올라 있었다.

"퉤!"

잠시 후 나크 훈이 뭔가 뱉어 냈는데 새까만 덩어리로 악취가 진동했다.

가온은 파이어 마법으로 치료 과정의 부산물을 순식간에 태워 버렸다.

"허허. 이전보다 마나의 양은 좀 줄었지만 운용은 한결 쉬워진 것 같구나. 그리 심하던 내상이 이렇게 순식간에 치료가 되다니, 네 말대로 비약과 신성 마법이 상급 포션의 효과를 만들어 낸 것 같구나."

중상급 포션이라고 해도 내상을 이렇게 빨리 치료할 수 있는 건 아니다. 특히 마나 운용력은 시간을 두고 천천히 회복이 되는 것이 정상이니 나크 훈이 놀랄 수밖에 없었다.

"내상을 입은 지 얼마 되지 않아서 준비해 온 것들이 제대로 통한 것 같습니다."

"풋! 내가 내상을 한두 번 입었다고 생각하느냐. 포션을 복용해서 내상을 치료해도 이렇게 자유롭게 마나를 운용하려면 적지 않은 시간이 걸린다. 정말 상급 포션이 아니라면 네 마법 스승이신 볼코트 경의 연금술이 참으로 신묘한 거겠지."

"볼코트 님을 아십니까?"

"만난 적은 없지만 이름이야 여러 번 들어서 알고 있지. 마탑의 수뇌부에게 찍혀서 6서클의 마도사임에도 중용되지 못하고 한직을 떠돌다가 결국 은퇴를 했다는 얘기까지는 들었다."

"스승님만큼 좋으신 분입니다."

가온은 나크 훈에게 다른 스승을 모신 사실을 처음 털어놓는 것이기에 죄송한 마음이었다. 이미 가온의 스승으로 공인을 받고 있는 나크 훈으로서는 기분이 나쁠 수 있는 문제였다.

그런데 그의 생각이 얼굴에 드러났는지 나크 훈이 호탕하게 웃었다.

"하하하. 평생 검의 길만 걸어오면서 수많은 좌절을 겪은 내가 무슨 복이 있어서 오크라강 유역에서 루의 사도로 불리는 너의 스승이라고 불리게 되었는지는 모르겠지만, 나는 네가 다른 스승이 있다는 사실에 실망하거나 저어하지 않는다. 내겐 왜 숨겼는지 모르겠지만 아직 어린 나이임에도 나와 비등한 실력이니 다른 스승들이 더 있는 것은 당연하겠지. 네가 마검사를 추구하는 욕심 많은 녀석이라서 다행이구나."

"양해해 주셔서 감사합니다."

"감사는 무슨. 네가 내게 배운 것은 그야말로 기초밖에 없는데, 네 스승으로 인정을 받는 내가 너에게 감사해야지."

그렇게 서로 감사한 마음을 표현하는 사제의 분위기는 화기애애했다.

그런데 그때 전령이 와서 1왕자가 자신의 막사로 가온을 불렀다.

"함께 가자꾸나."

"네, 스승님."

아무래도 혼자 가는 것보다는 1왕자군에서 나름 자리를 잡고 있는 나크 훈이 동행을 하는 편이 더 나았기에 가온은 오히려 다행이라고 생각했다.

전령이 안내한 곳은 예상한 대로 숙영지의 가장 중앙에 있는 대형 천막이었다.

안으로 들어가니 수십 명이 세 줄의 원을 만든 상태로 앉아 있었고 상석에 해당하는 자리에는 서른 살 정도로 보이는 1왕자가 앉아 있었다.

'그렇게 특별해 보이지는 않네.'

용모는 물론이고 분위기도 그리 인상적이지 않았다. 하긴 1왕자의 나이가 서른 살이나 되는데, 진작 왕재를 인정받았다면 굳이 이런 경쟁을 치르지 않았어도 될 것이다.

"오! 나크 훈 경!"

1왕자가 나크 훈을 보고 반갑게 맞이했는데 그의 눈은 바로 뒤를 따라 들어오는 가온을 향하고 있었다.

"내상은 회복한 것이오?"

1왕자의 왼쪽에 앉아 있는 백발의 노인이 물었는데 인상착의로 보아 나디아가 미리 말해 준 인물 중 7서클 마법사로 왕실 마탑의 탑주인 라헨드라로 보였다.

"그렇습니다, 탑주님. 제자가 절 위해서 준비해 온 포션 덕분에 이렇게 회복했습니다."

"도착하고 채 1시간도 지나지 않아서 그렇게 깊은 내상이 말끔하게 치료된 것으로 봐서는 상급 포션이라도 준비해 온 모양이군."

"네, 각하."

나크 훈은 가온이 상급 포션을 준 것이라고 믿고 있는지 그렇게 대답했다.

"제겐 과분한 제자입니다. 전하, 소개하겠습니다. 우리 왕국 출신은 아니지만 랑트에서 사제의 인연을 맺은 온 훈이라고 합니다."

나크 훈은 왕자에게 친히 가온을 소개해 주었다.

"영명하신 1왕자 전하를 이렇게 만나 뵙게 되어 영광입니다. 온 클랜이라는 작은 용병대를 이끌고 있는 온 훈입니다."

왼팔을 가슴 앞에 내민 가온이 오른 무릎을 바닥에 대고 고개를 숙여 예를 표했다. 기사 방식의 인사였다.

"오! 잘 왔소. 본 왕국 출신이 아니라고?"

가온은 그 질문에 어떻게 대답을 해야 할지 아주 잠깐 고민을 했다.

1왕자군의 의뢰

"그렇습니다. 샤론 제국 출신입니다."

가온은 나크 훈이 왜 자신과 말도 맞추지 않고 출신을 이
상하게 소개했는지 알 수 없었지만, 뭔가 이유가 있을 거라
고 생각하고 현재 어나더 문두스이 설정집에는 나와 있지만,
스파인 산맥 건너편에 있어서 플레이어들에게 개방되지 않
은 샤론 제국을 언급했다.

"그래서 그 실력을 가지고도 본국에서 서임을 받지 않은
것이군."

1왕자가 어쩐지 아깝다는 얼굴로 가온을 쳐다보았다.

"말씀드리기 어려운 사정이 있어서 세상을 떠돌고 있습
니다."

"알겠다. 그런데 아그레브에서는 천륜을 어긴 자의 세력을 징치하고 레드 스네이크를 토벌했으며 오크라강의 괴물과 거대 유인원들을 성공적으로 사냥했다지?"

"운이 좋았습니다."

왜 소문을 언급하는지 알 수 없지만 사실이니 굳이 부인할 필요는 없었다.

"왕국의 정예들이 모두 이곳에 들어와 있어 제대로 토벌을 할 수 없는 상황에 놓인 본 왕국을 위해서 아주 큰일을 했구나. 내 나중에 따로 보상을 할 것이다."

"이미 보상을 받은 일입니다. 감사한 말씀이나 거두어 주십시오."

가온의 대답이 마음에 들었는지 1왕자의 얼굴에는 흡족한 표정이 떠올랐고 날카로웠던 좌중의 분위기는 한결 부드러워졌다.

그때 이번에는 왕자의 오른쪽에 앉아 있는 거구의 장년인이 입을 열었다.

"나는 훔벨이라고 하네. 실력도 실력이지만 전략 전술에 무척 밝다지?"

가온은 그를 이미 알고 있었다. 던전에 들어오기 전에 나디아로부터 들은 주요 인사 중 한 명이었다.

훔멜은 개국공신 출신인 헤모시 공작가의 기사단장으로 작위는 백작에 소드 마스터로 유명한 인물이었다. 또한 헤모시 공작은 1왕자의 장인이라 현재 아그레시아 왕국에서는 아주 강력한 권력을 가지고 있었다.

"왕국의 위대한 검을 뵙게 되어 영광입니다. 전략 전술에 밝은 것이 아니라 반드시 행해야 하지만 가진 힘이 부족하여 여러 사람의 지혜를 빌렸을 뿐입니다."

보통 소드 마스터들은 예우 차원에서 위대한 검이라고 불린다.

"하면 묻지."

"하교하십시오."

뭐가 궁금한지 알 수 없지만 서른 쌍이 넘는 눈길을 받고 있으니 무척 부담스러웠다.

"그대도 이 고원에 퍼져 있는 죽음의 기운을 느꼈을 텐데 혹시 죽음의 기운에 대해서 들은 바가 있던가?"

"알고 있습니다. 어떤 마법적인 요소나 지형적인 이유로 죽은 자가 생전에 품고 있었던 기운이 대기 중으로 환원되지 못하고 일정한 지역에 갇힌 것을 일컫는다고 알고 있습니다. 죽음의 기운은 사령술사나 흑마법사 들에게는 아주 이용하기 좋은 속성의 마나라고 할 수 있습니다."

"오! 제대로 아는군. 혹시 죽음의 기운을 제거하거나 경감시키는 방안을 알고 있나?"

"제거하는 방법이야 다들 아시다시피 신성력을 사용해야 한다는 정도밖에 알지 못합니다. 다만 죽음의 기운은 생명의 기운과 극성이기 때문에 생기를 농밀하게 품고 있는 귀물, 예컨대 엘프들이 신성시하는 세계수의 가지나 잎과 같은 아이템이라면 그 영향력에서 벗어나거나 경감시킬 수 있을 겁니다."

원론적인 대답이고 기대도 하지 않았기에 다들 무표정한 얼굴로 고개만 끄덕거렸지만, 나크 훈에게 알은척을 했던 마탑주의 반응은 좀 달랐다.

"혹시 그대에게 그런 귀물이 있나?"

없다고 대답을 하려고 했던 가온은 문득 전해진 모둔의 의념에 멈칫했다.

─온 님, 관찰을 해 보니 카농 나무와 비슷한 나무도 그렇고 그 열매, 아니 씨는 죽음의 기운을 상쇄할 정도의 강력한 생기를 가지고 있어요.

'성물과 비교하면 어때?'

─신성력이 담겨 있는 성물은 죽음의 기운을 배척해서 밀어내는 효과를 가지고 있지만, 그 나무와 씨는 죽음의 기운을 중화시켜요. 그래서 나무 근처에는 죽음의 기운이 침습하지 못하고 씨의 경우 완전히 영근 상태로 생으로 먹게 되면 미세한 마나의 증진과 더불어 생기가 강화되어 죽음의 기운에 노출되어도 오래 견딜 수 있어요.

생각해 보니 엘프의 신목들까지 죽음의 기운에 잠식되어 죽거나 죽어 가는 상황에서도 카농 나무와 비슷한 나무들은 여전히 푸름을 유지하고 있었다.

"정말 그런 귀물이 있나?"

가온이 뭔가 깊이 생각을 하는 것으로 보이자 홈벨 백작이 기대하는 얼굴로 재차 물었다.

"사실 죽음의 기운을 어느 정도 중화시켜 주는 특수한 씨 앗이 있기는 합니다."

"정말 그런 것이 있다고?"

당장 좌중이 시끄러워졌다. 일부는 자리에서 벌떡 일어났고 일부는 믿지 못하겠다는 눈으로 가온을 쏘아봤다.

"좀 볼 수 있겠는가?"

"알겠습니다."

가온은 모둔으로 하여금 씨앗을 열 개 정도 익은 열매에서 빼내어 아공간 주머니에 넣어 달라고 부탁했고 그녀는 순식간에 그 부탁을 들어주었다.

그 결과 가온은 아공간 주머니 안에서 열 개의 씨를 꺼낼 수 있었다.

"라그레타 경, 마욘드 경, 룩퍼트 사제는 이 씨를 확인해 주시오."

홈멜 백작의 지시에 1왕자와 멀리 떨어진 곳에 앉아 있던 세 사람이 차례로 나왔는데, 두 명은 마법사였고 다른 한 명은 생명의 신전 출신의 사제로 보였다.

세 사람은 가온이 건네준 씨앗들을 나름의 방법으로 상세히 관찰하더니 차례로 눈을 부릅떴다.

"이렇게 농밀하면서 활동성이 강한 마나가 담긴 씨앗이 있다니!"

"씨앗 가까이에 스켈레톤 킹의 뼈를 두자 뼈에서 방출하고 있는 죽음의 기운이 미세하지만 약해지고 있습니다."

"이건 죽음의 기운과 상극인 생명의 기운이 분명합니다!"

마법사들과 사제의 확인 결과를 들은 라헨드라의 얼굴에 미세한 희색이 떠올랐다.

"이곳까지 오는 동안 매복을 했던 구울과 스켈케톤 다섯 무리를 큰 무리 없이 해치웠다는 말을 들었는데, 확실히 죽음의 기운을 방비할 수 있는 준비를 갖추었던 거로군. 그런데 이 씨앗은 대체 뭔가? 난 한 번도 본 적이 없는 것 같은데……."

구울과 스켈레톤들이 고원으로 오르는 길목에 매복했었고 온 클랜이 다섯 무리, 거의 1천여 마리에 달하는 언데드들을 모두 해치웠다는 건 이미 토벌군 수뇌부에게 보고가 된 사항이다.

1왕자군은 채 스물도 안 되는 인원으로 다섯 번에 나누어서이긴 하지만 1천여 마리에 달하는 구울을 어떻게 상대했는지 무척 궁금해하는 한편, 라헨드라 대마법사가 말한 대로 온 클랜이 뭔가 특별한 능력을 가지고 있다는 사실을 확인할 수 있었다.

"이 씨앗은 제가 스파인 산맥을 넘어올 때 우연히 죽음의 대지에서 발견한 나무의 열매에서 나온 것으로, 저는 비타젠이라고 이름을 붙였습니다."

거짓말도 많이 하면 는다고 하더니 생소한 이름도 뚝딱 만들어 냈다.

"비타젠이라……. 구체적으로 어떤 효과가 있는가?"

"스파인 산맥에도 이 고원과 비슷하게 죽음의 기운으로 잠식된 죽음의 대지가 있었습니다. 그곳은 이곳처럼 언데드는 나타나지 않았지만, 말 그대로 살아 있는 생물이 그 안으로 들어가면 빠르게 생기를 잃고 곧 말라서 죽어 버리는 공포의 땅입니다."

가온의 말에 좌중이 조용해졌다. 리치가 이끄는 죽음의 군단과 대치하고 있는 상황이라서 더욱 관심이 갈 수밖에 없었다.

"저는 당시 그곳이 죽음의 대지라는 사실도 몰랐습니다. 아무튼 그 지역에 들어선 후 얼마 지나지 않아서 방향을 인지할 수 없는 상황에 짐까지 잃어버린 채 정처 없이 돌아다니다가 우연히 죽은 땅에서 왕성하게 자라고 있는 나무가 숲을 이룬 것을 발견했습니다. 호기심과 배고픔을 참지 못하고 열매를 따서 먹었는데 생각보다 맛이 있었습니다."

"호오. 그래서 어떻게 되었나?"

라헨드라 대마법사가 호기심이 가득한 얼굴로 물었다.

"며칠 동안 아무것도 먹지 못한 상태라서 정신없이 먹다가 나중에는 과일의 씨앗까지 먹게 되었습니다. 그런데 이상하게 먹기 전만 해도 이상했던 몸과 정신 상태가 정상으로 돌아오더군요. 그 후 이 비타젠 열매와 씨를 하루에 몇 개씩 먹으면서 사흘을 걸어서 죽음의 대지를 무사히 건널 수 있었습니다. 죽음의 대지가 끝나는 부분에도 그 나무들이 많이 자라고 있어서 일부러 열매와 씨를 많이 챙겨 두었습니다."

"오! 참으로 신기한 일이군. 이 비타젠 씨앗을 그냥 먹으면 된다고?"

"네. 맛은 없지만 반드시 씹어 먹어야만 합니다."

"온 대장이 가지고 있는 비타젠의 양이 얼마나 되는가?"

가온은 씨앗의 숫자를 대충 말했다.

"대략 3천 개 정도 됩니다."

그때 소드 마스터인 훔멜이 끼어들었다.

"음. 양도 좀 애매하고 비타젠 씨앗의 효과에 대해서는 연구가 좀 필요할 것 같군. 이 비타젠 씨앗을 우리에게 팔게."

"그, 그건……."

전혀 생각지 못한 상대방의 제의에 가온도 바로 대답을 하지 못했다.

"온 대장이 아는지 모르겠지만 우리는 현재 이 고원에 널리 퍼져 있는 죽음의 기운과 리치가 조종하는 죽음의 군단으로 인해 발목이 잡혀 있는 상황이네. 사제들도 합류한 상태지만, 언데드의 종류나 숫자가 너무 많아서 우리 측의 피해가 누적되어 더 이상 진공을 하지 못하고 있네. 곧 도착할 보급품에는 상황을 타개할 성물과 성수 들이 포함되어 있지만, 그때까지 현 위치를 고수하는 것도 쉽지 않네. 기사들은 괜찮은데 헌터나 용병 그리고 병사 들은 죽음의 기운에 잠식되어 착란을 일으키거나 광증에 빠지는 경우가 종종 있네. 거기에 더해서 언데드와 싸우면서 자칫 죽음의 기운에 잠식되는 위험에서는 자유롭지 못한 상황이지.”

가온은 훔멜의 은근한 시선과 상세한 설명에도 선뜻 이 씨앗을 판다는 얘기를 하지 못했다.

‘이건 산맥 왼편의 거대한 수림지대에서 흔히 발견되는 나무의 씨라서 잘못 팔았다가는 큰일이 날 것 같은데 어쩌지? 차라리 그냥 줘 버릴까?’

가온이 그렇게 고민하고 있을 때 모둔의 뜻밖의 내용을 추가로 알려 주었다.

─온 님, 그건 걱정하지 않으셔도 돼요. 온 님이 비타젠이라고 이름을 붙인 과실은 익기가 무섭게 떨어져서 금방 썩어 버리는데, 하루 이내에 발아하지 않으면 생기는 모두 빠져나가 버리고 색깔이나 모양까지 달라져서 제대로 알고 있는 인간이 없을 거예요.

그럼 팔아도 되지만 문제는 더 있었다. 훔멜 백작은 팔라고 말은 하지만 정말 돈을 받아야 할지 아니면 그냥 무상으로 넘겨주어야 할지 알 수가 없었다.

무표정한 얼굴이지만 내심 곤혹해하고 있는 가온의 태도에 1왕자군의 수뇌부는 조금 양심이 찔렸다.

지금 훔멜은 가온이 죽음을 각오하고 그 험준한 스파인 산맥을 넘어오면서 구한 귀한 물건이자 죽음의 기운에 잠식된 이 던전에서 제대로 사냥을 하려면 반드시 필요한 물건을 강제로 구입하려는 것이다.

"……."

가온은 여전히 무표정한 얼굴로 아무 대답을 하지 않았다.

'대체 얼마에 판매를 하면 잘 팔았다고 소문이 날까?'

물론 사람들은 그의 마음과는 다른 생각을 하고 있었다.

"커험! 내가 이런 상황과 작위를 이용해서 강제로 구입하려는 것은 절대로 아니네. 모두 토벌군의 목숨을 위해서이네. 개당 1골드씩 3천 골드를 주지."

백작은 나름 후하다고 판단한 가격을 불렀지만 다른 사람들은 아니었다. 당장 1왕자부터 당황한 얼굴이 되어 입을 열었다.

"온 경, 훔멜 백작이 잘못 얘기한 것 같네. 개당 10골드씩에 구입하도록 하지."

1골드라면 하급 포션의 가격이다. 그것도 제한된 외상에만 치료 효과가 있는.

성물이 아니면 죽음의 기운을 막아 낼 수 있는 아이템이 없는 지금 상황에서 사용 시간의 제한은 있지만, 효과가 뚜렷한 아이템을 하급 치료 포션과 같은 가격에 팔 리가 만무했다.

"전하?"

훔멜은 영문을 알 수 없다는 얼굴로 1왕자를 쳐다봤는데 책망의 눈빛만 확인했을 뿐이다.

그래서 주위를 돌아보니 다들 고개를 젓고 있었다.

'저 씨앗의 가치가 10골드나 된다고?'

공작가의 전폭적인 지지를 받아서 평생 검만 수련한 덕분에 기사단장이 된 그는 제 돈을 주고 물건을 구입한 적이 거의 없었다. 그래서 그로서는 이해가 안 갔지만 사람들이 자신에게 보내는 책망의 시선을 통해 뭔가 잘못되었다는 사실 정도는 알 수 있었다.

"큼. 내가 너무 흥분해서 단위를 잘못 말했군."

결국 돌려서 사과를 할 수밖에 없었다.

"본 왕자를 위해서 팔아 주게."

다시 왕자가 나섰다.

"그리하겠습니다."

팔 생각이 없다고 해도 왕자가 직접 나섰으니 가온으로서는 어쩔 수 없었다.

비타젠 씨앗을 넘기고 그 자리에서 3만 골드를 받는 순간 모둔이 다시 의념을 보냈다.

-온 님, 엘프들에게 비타젠 씨앗을 주며 확인을 하도록 했더니 비타젠 씨앗을 심어 10미터 크기까지 키우면 반경 10미터 정도는 죽음의 기운이 쉽게 침습할 수 없다고 했어요.

　'하지만 이제 심어서 언제 자란다고 그래?'

　-엘프족의 비전인 액체 비료를 사용한다면 성장 시간을 크게 줄일 수 있대요. 비타젠 씨앗의 경우 워낙 생기가 강해서 액체 비료의 효과는 다른 식물의 수십 배에 해당하고요. 안타깝게도 그 이후에는 효과가 없지만 초기 성장 시간을 비약적으로 줄일 수 있다고 했어요.

　정말 그런 비료가 있다면 깊은 숲속에서 잘 자라지 못하는 허브 등 필요한 식물의 초기 생육을 촉진해서 제대로 자랄 수 있도록 연구를 한 결과일 것이다.

　'그게 가능하다고? 하루면 얼마나 자랄 수 있는지 물어봐.'

　그게 사실이라면 하루에 몇 달에 해당하는 정도로 성장할 수 있었다.

　만약 숙영지 주위를 비타젠으로 감싸면 죽음의 기운은 물론이고 죽음의 기운을 품고 있는 언데드들도 쉬이 상대할 수 있을 것이다.

　-하루면 줄기가 팔뚝 두께까지 성장할 수 있대요. 키는 대략 7~8미터까지 자라고요.

　그렇다면 현재 1왕자군이 당면한 문제를 어느 정도 해결할 수 있었다.

"혹시 수송대가 언제 도착하는지 알 수 있겠습니까?"

"보급에 문제가 생기긴 했지만 그래도 대부분은 대체가 되어 앞으로 일주일 정도면 도착할 걸세. 그런데 그건 왜 묻나?"

이번에는 라헨드라가 물었다.

"아까 말씀드렸던 얘기와 이어지는데 사실 죽음의 대지를 벗어난 직후 엘프족을 만났습니다."

"호오! 엘프족은 세상에서 사라진 줄 알았는데 스파인 산맥 깊은 곳에는 여전히 남아 있었군."

라헨드라는 세상 어디에도 존재하지 않는 신기한 힘을 품은 씨앗을 가지고 있는 가온이 스파인 산맥을 넘어온 샤론 제국인이라는 사실을 더 이상 의심하지 않았다. 아니, 무척 기꺼워했다.

'지금도 젊은데 더 어린 나이에 인간의 발길을 거부하는 금지를 홀로 넘어왔다니 참으로 대단하군.'

"그 엘프족은 어려움을 겪고 있는 인간을 외면하지 않았습니다. 또한 자신들도 감히 들어갈 엄두를 내지 못하는 죽음의 대지를 통과한 저에게 관심을 가진 것 같았습니다."

"확실히 관심을 가질 수밖에 없었겠군. 그래서 어떻게 되었나?"

"그들도 제 얘기를 듣더니 비타젠에 큰 관심을 가졌습니다. 그리고 그들의 마을에서 신기하고 경악스러운 광경을 보았습니다. 비타젠 씨앗을 땅에 묻은 후 둥글게 주위를 파고 어떤 액체를 뿌리자 채 하루가 지나지 않아서 비타젠이 싹을 틔웠을 뿐 아니라 줄기의 굵기가 팔뚝에 해당할 정도로 비정상적인 성장을 했습니다."

가온의 말에 사람들의 입이 떡 벌어졌다.

"엘프들이 식물을 기르고 가꾸는 특별한 능력을 가졌다는 사실이야 선대가 남긴 기록에 자주 등장하지만 그 정도의 능력까지 지녔다니 믿어지지가 않는군."

말을 하는 라헨드라는 물론이고 듣고 있던 사람들 모두 믿을 수 없다는 얼굴이었다.

"저 또한 눈으로 확인하지 않았다면 믿지 못했을 겁니다. 다만 제한은 있었습니다."

"제한?"

"그 비약의 효과는 나무를 하루에 반년에서 1년 분에 해당하도록 성장시켜 주는 것에 그친답니다."

"본디 동물이나 식물이 가장 약하고 위험할 때는 태어나서 몇 년까지이니 엘프들은 그 비약을 이용해서 싹이 터서 묘목이 될 때까지 안정적으로 자라게 만드는 모양이군."

라헨드라가 가온이 말하려는 바를 정확하게 캐치했다.

"그렇습니다. 그리고 다양한 장소에서 비타젠을 키워 낸 엘프족의 한 원로가 말하길 비타젠 나무를 중심으로 대략 열 보에서 열다섯 보 반경은 죽음의 기운을 전혀 느낄 수 없다고 말했습니다. 그들 역시 빠르게 확장해 가고 있는 죽음의 대지를 걱정하고 있었기에 크게 기뻐했습니다."

"옳거니! 사실 우리도 숙영지를 홀리필드 마법진으로 보호하고 있지만 외곽 경계를 맡은 병사들이 죽음의 기운에 침습을 당해서 정신착란을 일으키거나 가볍게는 악몽을 꾸는 등 전력이 약화되고 있어 고심하고 있었네. 아! 그래서, 그래서 어떻게 되었나?"

"죽음의 대지 경계에 비타젠을 심고 빠르게 성장을 시켰더니 과연 더 이상 죽음의 기운이 확장하지 못했습니다. 엘프들은 그 사실에 크게 고무되어 정예 전사들을 저와 함께 파견해서 다시 죽음의 대지로 들어갔고, 비타젠의 열매들을 따오게 했습니다. 이 비타젠 씨앗은 그런 과정에서 받은 선물입니다."

"정말 어디에서도 들어 보지 못한 신기한 모험담이군. 한때 모험가가 되기를 꿈꾸었던 젊은 날이 생각나는군. 내가 30년만 젊었다면 자네와 함께 스파인 산맥으로 들어가고 싶을 정도야."

라헨드라는 이런 신기한 이야기를 좋아하는지 무척 고무된 얼굴로 말을 이으려고 했지만, 아까 비타젠을 확인했던 마법사 중 진중한 분위기를 가진 라그레타라는 마법사가 그의 말을 끊었다.

"온 대장, 그럼 혹시 비타젠의 성장을 촉진하는 엘프의 비약도 선물 받았소?"

라그레타의 말에 몇 명을 제외하고는 모두 눈을 번뜩였다. 그가 왜 이런 질문을 하는지 금방 알아차린 것이다.

"그렇습니다. 다만 제가 내놓을 수 있는 양은 백 그루를 성장시킬 수 있는 정도입니다."

굳이 양에 한도를 두는 것은 모둔의 능력을 숨기기 위해서였다.

"그럼 비타젠을 숙영지 주위에 심는다면……."

가온의 말이 사실이라면 단 하루 만에 토벌군의 정신을 오염시킬 수 있는 죽음의 기운을 어느 정도 막아 낼 수 있는 아주 든든한 울타리가 만들어지는 것이다.

결국 가온은 자신의 말이 사실이라는 전제로 엘프의 식물 성장 비약을 7만 골드에 1왕자군에 판매하기로 했다.

1왕자군의 대형 천막을 나온 가온은 대원들과 함께 숙영지 주변으로 향했는데, 나크 훈은 물론이고 라헨드라 마법사와 홈멜 등 1왕자군의 수뇌부가 대거 동행했다.

가온이 먼저 시범을 보였다. 벌써 죽음의 기운이 침습해서 바싹 말라 버린 검은 대지에 한 뼘 깊이의 구덩이를 판 후 비타젠 씨앗을 넣었다. 그리고 가볍게 흙을 덮고 주위에 원형의 홈을 만든 후 모둔이 엘프들에게 받아서 아공간에 넣어 둔 액체 비료를 꺼내 홈 안을 채웠다.

마지막으로 물을 충분히 뿌리면 끝이었다.

"이런 식으로 비타젠을 목책을 따라서 대략 열 보 간격으로 심으면 됩니다."

어려울 것이 전혀 없는 작업이었다. 액체 비료는 비타젠 100개 분량을 얘기했기 때문에 더 심으려고 해도 소용이 없었다.

다행히 죽음의 기운에 사제들이 쉽게 대응하기 위해서 숙영지를 좁게 건설했기 때문에 100개로 목책을 충분히 커버할 수 있었다.

"싹이 나옵니다!"

"이쪽도 나옵니다!"

변화를 살펴보기 위해서 배치한 병사들이 소리를 지르기 시작했다. 던전 안은 벌써 어두워지기 시작했는데도 불구하고 불과 30분 전에 심은 비타젠이 벌써 싹을 틔운 것이다.

그 소리에 1왕자를 포함한 수뇌부까지 경악한 얼굴로 비타젠의 경이로운 성장 과정을 지켜보았다.

본래라면 인간의 눈으로는 식물의 성장을 실시간으로 확인할 수 없지만, 비타젠은 달랐다. 자라는 것이 눈에 보일 정도로 빠르게 성장하고 있었다.

어디서도 들어 본 적이 없는 신기한 현상에 1왕자군은 수뇌부는 물론 모든 사람이 비타젠의 성장을 지켜보았는데, 주위가 완전히 어두워질 무렵에는 또 다른 신기한 현상이 일어났다.

"죽음의 기운이 물러나고 있습니다!"

"더 이상 심신을 짓누르는 기운이 느껴지지 않습니다!"

"전하, 병자들의 상태가 좋아지고 있습니다!"

토벌군 수뇌부에게 가장 고무적인 변화가 일어났다. 죽음의 기운에 침습당해서 시시각각 광증에 시달리며 난리를 치는 바람에 따로 가두어 둔 토벌군에게 비타젠 씨앗을 먹게 했는데, 그들의 상태가 눈에 띄게 개선된 것이다.

"허허허! 정말 신기한 일이군."

대마법사라 불리는 라헨드라가 감탄할 정도이니 다른 사람들의 놀람은 경악이라는 단어로도 설명할 수 없을 정도였다.

"온 경 덕분에 최소한 숙영지에서 죽음의 기운에 침습당할 위험은 벗어났습니다!"

"이제 남은 것은 보급품에 포함되어 있을 성물들과 성수들을 이용해서 다시 진군하는 겁니다!"

당연히 토벌군의 사기가 크게 높아졌다.

다음 날 아침, 벌써 키가 5미터에 팔뚝 굵기까지 자란 비타젠 나무를 확인한 1왕자는 흔쾌히 7만 골드를 지급했다.

당연히 아무도 이의를 제기하지 않았다. 어젯밤은 그동안의 밤과 달리 대다수가 푹 잘 수 있었으니 말이다.

"이렇게 푹 잔 적이 언제 있었나 싶습니다."

"그러게 말일세. 밤새 악몽을 꾸고 나면 일어나도 영 불편했었는데, 오늘은 몸 상태가 최상이야!"

밤 시간에 더욱 강해지는 죽음의 기운은 사람들로 하여금 악몽을 꾸게 만들었고 당연히 잠의 질이 낮아져서 다들 피로감을 느끼고 있었던 것이다.

그때 흐뭇한 시선으로 가온을 보던 1왕자가 다시 입을 열었다.

"온 경, 따로 할 일이 없으면 우리와 함께하는 것이 어떤가?"

비타젠이 토벌군에 큰 도움이 된 것도 사실이지만 어제 대화를 나눠 본 결과 나이와 어울리지 않게 다양한 경험을 했으며 박학다식하기까지 한 가온과, 훔멜 백작이 기대 이상이라고 평한 온 클랜의 전력이 토벌군에 큰 도움이 될 거라고 생각했다.

"그렇게 하게나. 그대의 스승도 이곳에 있지 않은가."

훔멜 백작까지 1왕자를 거들었다.

"죄송합니다. 따로 할 일이 있습니다."

1왕자군과 합류하는 것도 나쁜 선택은 아니지만 그래서는 공적을 제대로 세우기 힘들었다. 어떻게든 던전 클리어에 가장 큰 업적을 세워야만 했다.

"그대 스승도 그렇게 말하더니 과연 그렇군. 대체 뭘 하려는 것인가?"

나크 훈을 각별하게 생각하는 라헨드라 마법사가 그렇게 물었다.

"차원석을 찾으려고 합니다. 이 던전은 단순히 차원석을 부순다고 클리어가 될 것 같지는 않지만 차원석이라도 먼저 처리를 하면 클리어가 한결 쉬워질 겁니다."

조심스러울 수밖에 없었다. 1왕자 역시 던전을 클리어하기 위해서는 차원석을 찾아서 부수어야 하니 말이다.

그런데 예상과는 다른 반응이 나왔다.

"흠. 그럼 명예 포인트를 노리는 건가?"

명예 포인트라는 단어에 놀란 가온은 본능적으로 좌중을 돌아봤는데, 아무도 기대한 반응을 보이지 않아서 더욱 놀랐다.

'이들은 이미 갓상점에 대해서 알고 있다! 혹시 왕자들은 던전 클리어 자체보다는 명예 포인트를 노리는 건가?'

그게 아니라면 이런 반응은 보이지 않을 것이다. 아무래도 세 왕자의 던전행에는 세간에 알려진 것과 다른 사정이 있는 것 같았다.

"그렇습니다."

"그럼 스파인 산맥을 넘어 우리 왕국으로 온 것도 명예 포인트를 쉽게 얻을 수 있기 때문인가?"

왜 명예 포인트가 자신이 말한 거짓말과 연결이 되는 것인지는 몰라도 라헨드라는 그렇게 생각하는 것 같았다.

"……대마법사님의 예상이 맞습니다."

"과연!"

라헨드라를 포함해서 지금 이 자리에 있는 1왕자군의 수뇌부는 이미 가온을 두고 꽤 긴 시간을 투자해서 그의 행로를 예상한 모양이다.

"그대가 우리 왕국에서는 용병으로 활동했으니 한 가지 의뢰를 하고 싶네."

"말씀하십시오."

"그동안 우리 마법사들이 조사를 해 본 결과 이 고원이 죽음의 땅으로 변모한 것은 거대한 흑마법진 때문이었네. 무려 300개가 넘는 흑마법진들이 수백 개가 중첩되어 이 거대한 고원에 강한 영향을 주고 있는 거지. 자네만 괜찮다면 흑마법진의 파훼 의뢰를 맡기고 싶네."

마법진을 무력화시키는 방법은 두 가지밖에 없다. 마법진을 압도적인 힘으로 부수거나 마법진을 구성하는 중추인 코어를 제거하는 것이다.

"흑마법진들의 위치를 파악하신 겁니까?"

"전부는 아니지만 리치가 있는 곳까지 가는 경로에 있는 것들은 파악했네. 온 클랜에서 흑마법진을 소멸시켜 준다면, 우리는 순조롭게 언데드를 상대하면서 리치가 있는 본진으로 진군할 수 있을 걸세. 비록 우리 사이에는 의뢰지만 온 클랜은 그 일을 통해서 던전 클리어에 상당한 공적을 쌓을 수 있다고 생각하네."

현재 온 클랜의 규모나 전력을 고려하면 라헨드라의 말이 맞긴 하다. 흑마법진을 부수는 것은 그만큼 중요했다.

가온도 현실적인 한계를 잘 알기에 긍정적으로 생각할 수밖에 없었다.

"저희 온 클랜을 별동대처럼 운용하시려는 거군요?"

"그렇다네."

"그럼 그동안에는 별동대를 따로 운용하지는 않았습니까?"

"운용해 봤지. 그런데 흑마법진을 보호하는 언데드의 전력이 생각보다 강하고 근처에 포진한 언데드 무리와 빠르게 연계해서 대응을 하고 있어서 대규모의 전력을 투입하기가 쉽지 않네."

가온은 의뢰를 받아들인다는 전제하에 성공 가능성을 계산해 봤다.

'클랜원들과 함께 죽음의 기운에 잠식된 달리아 고원을 이동하면서 의뢰를 완수하는 건 무리야.'

그게 가장 큰 문제였다.

하지만 해결책은 있었다. 진화한 녹스의 새로운 능력이 바로 공간 이동이 아닌가.

'하지만 내가 먼저 목적지를 가서 좌표를 확인해야 제대로 공간 이동을 할 수 있다는 문제가 있어. 그것도 여러 번 반복

해야 하고.'

거기에 녹스의 놀라운 능력을 대원들에게 공개해야만
했다.

물론 자신과 함께 동료들이니 언제까지 정령들의 능력을
숨길 수는 없지만 가온은 왠지 가능하면 그 능력을 끝까지
숨기고 싶었다.

그런데 그때 벼리가 기다렸다는 듯 의념을 보내왔다.

ㅡ오빠, 일전에 갓상점을 열었을 때 추가된 품목에 텔레포
트 마법진이 새겨진 마도구가 있었는데 그것을 사용하면 어
때요?

'이동식 텔레포트 마도구가 있었다고?'

ㅡ네. 30만 포인트면 구입할 수 있어요.

만약 마도구를 이용한다면 이동 문제는 가볍게 해결할 수
있었다. 필시 한 쌍이 세트일 테니 자신이 녹스의 공간 이동
능력을 이용해서 원하는 지점에 설치를 하고 회수를 할 수
있을 것이다.

고민을 하는 것처럼 얼굴을 바닥으로 향하고 상태창을 빠
르게 열어 본 가온은 명예 포인트를 확인하고 안도했다.

그동안 제대로 능력을 발휘할 상대가 없었기에 사냥을 대
부분 대원들에게 맡겼기 때문에 레벨은 1밖에 안 올랐지만
명예 포인트는 달랐다.

'그래도 13만 정도 늘어서 35만이 넘었네.'

그동안은 빠른 이동이 먼저였기에 사냥한 놈들은 앙헬로 하여금 따로 챙기도록 해서 갓상점을 통해 판매를 했었다.

가온의 그런 모습을 고민하는 것으로 보였는지 이번에는 1왕자가 직접 입을 열었다.

"비록 지금은 후퇴를 한 상태지만 진출했던 지점까지 마법사들이 파악한 흑마법진이 20개인데, 그대가 의뢰를 받아 준다면 개당 5만 골드씩 지급하겠네."

5만 골드라면 누구나 욕심을 낼 정도의 큰 보상이다.

하지만 그만큼 위험한 일이다. 1왕자군도 제대로 못한 일인 것이다.

"어렵겠는가?"

아니, 어렵지 않다. 벼리가 말해 준 텔레포트 마도구만 있으면 가장 곤란한 문제를 해결할 수 있었던 것이다.

"전리품은 당연히 저희 몫이겠지요?"

"당연하지."

"그런데 흑마법진이 파괴되었다는 것은 어떻게 확인하실 생각이십니까?"

누군가 참관인으로 따라붙는 것은 사양하고 싶었다. 세상에 존재하지 않는 이동식 텔레포트 마도구의 존재를 알게 된다면 난리가 날 테니 말이다.

"후퇴를 하면서 흑마법진 근처에 통신구들을 묻어 두었네."

이번에는 라헨드라 대마법사가 대답했다.

"통신구요?"

"원래 용도는 통신구지만 내가 손을 써서, 이곳에서도 위치를 확인할 수 있으며 흑마법진의 작동 유무를 확인할 수 있도록 변환을 시켰네."

그럼 참관인은 따라붙지 않을 것이다.

"좋습니다. 그 의뢰를 받아들이겠습니다."

"하하하. 역시 자네라면 받아들일 줄 알았네!"

"이제 전력을 한결 쉽게 운용할 수 있게 되었네!"

가온이 의뢰를 수락하자 1왕자는 물론이고 라헨드라 마법사와 홈벨 백작이 크게 기뻐했다. 온 클랜이 흑마법진을 무력화시킨다면 죽음의 기운은 약화될 것이니 이쪽의 전력은 급상승하게 되는 것이다.

의뢰를 수락했지만 당장 움직일 필요는 없었다. 너무 빨리 흑마법진을 소멸시켜 봐야 토벌군이 움직이지 않으면 큰 소용이 없었기 때문이다.

1왕자군은 수송대가 보급품을 가지고 도착한 이후에는 움직일 것이다.

덕분에 대원들은 존경하는 나크 훈과 귀중한 시간을 보낼 수 있었다. 그가 직접 대원들을 지도해 주기로 했기 때문이다.

확실히 전문 교관은 달랐다. 검술과 창술은 물론 궁술에 이르기까지 상당한 수준에 이른 그는, 대원들이 미처 깨닫지 못하는 약점은 물론이고 개선해야 할 방향까지 상세하게 지도를 해 준 것이다.

그렇다고 해서 대원들만 도움을 받은 것은 아니다.

"스승님, 이건 마나를 올려 주는 음식입니다."

콰르와 플고렌스는 물론이고 허니비의 로열젤리와 꿀에 이르기까지 마나를 순화시켜 줄 뿐 아니라 양을 늘려 주는 천연 영약을 삼시세끼 먹게 된 나크 훈의 마나가 빠르게 늘어나게 되었다.

안 그래도 어느 순간부터는 마나가 쌓이기는커녕 서서히 흩어지는 것을 느끼고 더 이상의 발전을 포기한 나크 훈으로서는 천금과도 같은 기회였다.

그렇게 이틀이 지난 후 나크 훈은 가온에게 완전히 마음을 열었다.

"온아, 오늘부터는 내가 계승한 검술을 전수해 주마."

"네?"

"세상 사람들은 내가 오직 왕국의 기초 검술과 근위기사단 고유의 검술만 익힌 줄 알지만 사실 나는 '아이언 문 소드' 검술의 당대 전승자다. 참고로 아이언 문 소드의 창시자이신 론 하르트 후작은 소드 마스터셨지."

나크 훈의 말대로 가온은 그가 2급 기사, 즉 검기 완숙자에서 더 이상 발전하지 못하는 원인을 최상위 검술을 배우지 못했기 때문이라고 생각하고 있었지만 사실은 전혀 달랐다. 소드 마스터에 이를 수 있는 검술을 익히고 있었다.

"내가 아이언 문 소드의 전승자이기는 하지만 너무 늦게 접했고, 책으로 익혔기 때문에 현재 이룩한 경지에서 더 나아갈 수 없었다. 그동안 배운 마나 연공술이나 검술이 오히려 발목을 잡은 것이지. 차라리 그것들을 버렸어야 했는데, 미련 때문에 아이언 문 소드를 익히는 데 많은 시간이 걸렸다. 또한 아이언 문 소드를 익히기 시작했을 때는 이미 육체가 정점을 넘어간 이후였고."

그런 사정이 있는 줄은 몰랐다.

"어쨌거나 아이언 문 소드의 당대 전승자로 검술을 후대에 전승할 필요가 있었지만 은퇴를 한 이후 세상을 떠돌면서 결정하려고 했다. 그런데 생각지도 않게 이곳에 들어와서 죽을 위기를 겪고 보니 내가 안일하게 생각했다는 사실을 깨달았다."

"스승님께는 항상 감사한 마음밖에 없습니다. 이제까지 가르친 기사들 중에서 고르시는 편이 낫지 않겠습니까?"

자신은 아그레시아 왕국 출신도 아니고 샤론 제국 출신으로 신원이 불분명하기 때문에 설사 나크 훈이 아이언 문 소드라는 상급 검술을 익히고 있다고 하더라도 전수받을 생각은 하지 않았다.

'갓상점을 통해서 상급 검술을 배워도 되니까.'

하지만 나크 훈의 생각은 다른 모양이다.

"내가 이제까지 많은 자들을 가르쳤지만 너처럼 날 진심으로 스승으로 생각하고 따르는 자는 거의 없었다. 많은 제자를 두었지만 대부분은 내 명성이나 인맥 혹은 내 교습 능력 때문에 혹해서 찾아온 이들이다. 물론 나 또한 제대로 가르치지도 않았기에 그리 아쉽거나 서운하지는 않아. 아무튼 이제 나는 네게 아이언 문 소드를 정식으로 전수하려고 한다."

"그럼 열심히 배우겠습니다."

이렇게까지 말하는데 거절할 수는 없었다. 어쨌거나 가온에게는 기연이나 다름없는 선물이었다.

"그래. 다만 검기와 강기를 다루는 초식은 내가 익히지 못한 것도 있으니 그건 구결로만 전수하마."

"네, 스승님."

안 그래도 갓상점에서 강기까지 다루는 상급 검술을 구입하려고 했는데 잘됐다.

나크 훈과 가온은 하루를 꼬박 아이언 문 소드의 전수에 할애했다.

배우다 보니 이전에 배운 연공술은 마나 연공술의 일부분만 떼어 내어 만든 기초에 해당했다.

아이언 문 소드를 배운 후 상태창을 확인하니 검술이 철월

검술로 등록되어 있었는데, 3레벨이나 되었다.

이름이 다르게 등록된 이유는 아무래도 자신의 입장에서는 이쪽이 더 쉽게 이해할 수 있었기 때문인 모양이다.

중검류에 속하는 철월검류는 A등급의 마나 연공술과 검술 그리고 보법으로 구성되어 있었다.

철월검류의 마나 연공술은 오행의 기운 중 금기를 주로 축적하는 효과를 가지고 있는데, 오행신공을 익히고 있었기에 마나로드 정도만 기억해 두었다.

검술은 총 네 단계로 구성되어 있었는데 검기는 물론이고 검강을 다루는 초식까지 포함하고 있었다.

가온은 구결과 설명만 듣고서도 철월검의 첫 번째 검술인 '철강검'과 두 번째 단계인 '철월광검'까지는 바로 펼칠 수 있었다.

철강검은 검에 마나를 주입해서 펼치는 검술이었고, 철월광검은 검광을 발현해서 펼치는 검술로, 진화한 훈 검술과는 통하는 것이 많아서 쉽게 익힐 수 있었다.

그래서 가온은 철월광검보다는 상위 검술이자 검기를 다양한 방식으로 활용하는 세 번째 단계의 '철월기검'의 활용에 더 관심을 가졌다.

새로운 고문 영입

철월기검의 위력도 대단했지만 검기를 다양하게 활용하는 파생 초식들은 위력은 물론 활용도가 무궁무진했다.

초승달 모양의 검기를 생성해서 날리는 '신월비'나 검기를 작은 구슬 형태로 검첨에 압축시킨 후 목표를 향해 날려 보내고 목표에 격중하면 터지게 만드는 '월구폭'도 마음에 들었지만, 그의 마음을 사로잡은 건 바로 '월사검'이었다.

월사검은 검사를 생성해서 채찍처럼 사용하는 것으로 공격 범위를 확장시키고 다수를 상대하는 데 효과적이었는데 이미 검사를 생성하는 데 문제가 없었기에 조금만 수련을 하면 충분히 펼칠 수 있을 것 같았다.

그런데 실제로 익히다 보니 신월비의 위력이 아주 대단

했다.

'검기를 날리는 초식부터는 마나 소요량이 무지막지하네.'

검기를 생성하려면 마나로드가 충분히 확장되고 금속인 검 전체에 빠르고 고루 마나를 주입할 정도로 마나 운용력이 뛰어나야 하지만 마나의 양도 중요하다. 마나가 대략 1천은 되어야만 무리 없이 검기를 사용할 수 있었다.

그런데 그렇게 생성한 검기를 검에서 분리해서 날리는 것은 원거리에서도 강력한 위력의 공격을 가할 수 있다는 장점이 있었지만, 한 차원 높은 마나 운용력과 함께 마나의 양이 충분해야만 했다.

강기를 사용하는 최상위 검술인 '철월강검'은 초식과 함께 구결을 들었는데, 이제 겨우 오러 블레이드를 생성할 수 있는 정도이기 때문에 제대로 펼치려면 꽤 시간이 걸릴 것 같았다.

그런데 안타깝게도 나크 훈의 경우에는 철월기검에 겨우 입문했을 뿐 위력이 강한 파생 초식들은 제대로 펼치지 못하는 상태였다.

마나 운용력도 살짝 부족하고 무엇보다 축적한 마나의 양이 충분하지 않았다.

나크 훈은 기사가 아닌 행정관 출신의 준남작가에서 태어났기 때문에 높은 등급의 마나 연공술도 배우지 못했고 영약도 충분히 복용할 수 없었으며 상급 검술을 너무 늦게 배웠다.

같은 검사로서 너무 안타까웠다.

'스승님을 좀 챙겨야겠다!'

마나 운용력이야 조금만 더 수련을 하면 벽을 넘을 테니 마나를 순화시키고 양을 늘리는 데 도움을 주면 될 것이다.

덕분에 나크 훈은 일어나면 허니비의 로열젤리와 꿀로 조제한 비약을 먹고 수련을 했으며, 매 끼니마다 콰르와 플고렌스 고기로 포식을 했고 후식으로는 농축된 마나를 머금고 있는 각종 과일을 먹는 호사를 누렸다.

"이렇게 마나가 무서울 정도로 불어나도 되는지 모르겠구나."

나크 훈은 하루, 아니 오전과 오후가 다를 정도로 마나가 급격히 늘어나는 현상에 불안함을 감추지 못했지만, 온 클랜원들의 경험담을 듣고는 안심했다. 그들도 처음에는 불안할 정도로 놀랐지만 지금은 즐기고 있었다.

그렇게 일주일이라는 시간은 금방 지나갔다.

숙영지는 아침부터 활기가 넘쳐흘렀다.

"숙부께서 직접 오실 줄은 몰랐습니다!"

1왕자가 직접 나와서 수송대와 함께 도착한 사람들을 환영했다. 그중에는 대단한 인물이 섞여 있었는데, 사람들이 수군거리는 소리를 들어 보니 한 이름이 유난히 많이 언급되고 있었다.

"로가트라면 대공?"

"네. 영지는 후작령급이지만 대공가는 현 왕가의 방계로 3대에 걸쳐 소드 마스터를 탄생시켰어요."

곁에 있던 나디아가 설명을 해 주었다.

"그럼 로가트 대공도 소드 마스터인 거야?"

"네. 대공가의 비전인 은하검류를 더 발전시켰다는 평가를 받고 있으며 현재 본국, 아니 아그레시아 왕국에서 최강의 검사이기도 하고요."

"로가트 대공이 1왕자에게 힘을 실어 주는 건가?"

"확실히는 알 수 없지만 아닐 가능성이 높아요. 와병 중인 현 국왕이 즉위할 때도 에런 대공가는 중립을 유지했으니까요. 아무래도 던전 공략이 지지부진하자 국왕이 간곡하게 부탁을 한 것 같아요. 어지간해서는 왕궁을 벗어나지 않는 근위기사단장을 포함해서 근위기사들도 30여 명이나 동행했으니 아마 세 왕자군을 모두 돌아보고 자신이 가장 필요한 곳에 머물지 않을까 싶어요."

1왕자를 포함한 수뇌부가 대공 일행과 함께 대형 천막으로 들어간 후에도 사람들은 바빴다.

200여 마리나 되는 말에 실린 짐들을 내려야 했다. 아공간 주머니에 넣어서 운반하기가 힘든 물품들이었는데 마차가 없으니 말로 수송한 것이다.

어쨌거나 온 클랜은 1왕자군과는 별도의 세력이기 때문에 보급품을 환영하는 무리의 분위기에 휩쓸릴 필요는 없었다.

"자, 손님 때문에 무기술을 수련하기는 어려우니 막사 안에서 마나 연공을 하도록 합시다."

가온의 말에 잠깐 들뜨려고 했던 대원들이 자리를 잡고 마나 연공에 들어갔다.

'그래도 많이들 성장했네.'

패터와 퍼슨, 스톤은 아직 검광 단계이기는 하지만 완숙자였고, 무리하면 희미한 검기를 생성할 수 있었다.

젊어서 그런지 패터의 성장세가 가팔랐다. 물론 그런 배경에는 샤나를 다시 만날 때는 비단숲 일족의 인정을 받겠다는 결심이 자리하고 있었다.

하지만 패터보다 랄프의 성장은 무서울 정도였다. 녀석은 부단한 노력으로 검광에 입문했는데, 타고난 괴력으로 같은 경지의 세 사람과 대등하게 싸울 정도로 성정했다.

마론의 부인인 샐리는 검기 입문자였던 예전 기량을 완전히 되찾았지만 여전히 조리를 전담하고 있었다.

정보 길드 출신의 루크와 데릭, 그리고 쿠엘린은 예전 기량까지는 아니지만 검기 실력자의 단계였고, 본래 검기 실력자였던 라이라도 그에 근접할 정도로 회복이 되었다.

마론은 어느새 4서클이 되었으며, 나디아의 경우 마나 고리는 세 개였지만 계약했던 물의 정령이 진화를 하면서 그와 비슷한 능력을 발휘할 수 있었다.

마지막으로 헤븐힐과 매디 그리고 바로는 다양한 마법을 익혔고 천연 영약을 통해서 마력과 신성력을 높여서 마론과 비슷한 경지라고 생각해도 될 정도로 성장했다.

타람과 로에니는 검기 완숙자의 경지에 도달했다. 천연 영약과 마나 운용에 대한 가온의 조언이 큰 도움을 주었지만 본인들의 강한 향상심과 치열한 노력이 가장 큰 역할을 했다.

정령사들의 성장도 굉장히 두드러졌다. 세르나와 달쿤은 정령술에도 큰 진전이 있었지만 부단한 수련과 실전과도 같은 대련 그리고 가온의 지도를 통해서 드디어 검기에 입문하는 성과를 거둔 것이다.

늦게 합류한 드워프 혼혈 전사인 로탄과 오르넬은 몇 달전만 해도 비슷한 경지였던 달쿤의 가파른 성장세를 직접 눈으로 지켜보며 자극을 받았는지 검술 수련에 힘을 쏟아서 이제 검광 실력자에서 완숙자로 경지가 올랐다.

엘프 혼혈 전사인 라테는 스톤과 어울려서 오러 궁술에 입문한 상태로 이제 막 화살에 마나를 주입해서 날리는 경지에 도달했다.

라테의 쌍둥이 동생인 로테는 검광 입문자에서 실력자로 성장한 것은 물론 헤븐힐과 어울리면서 따로 치료 마법을 배워 기존의 자연 치유술 경지를 한 단계 더 높이는 성과를 거

두었다.

　새로운 대원들의 급격한 성장에는 매일 먹다시피 하는 천연 영약들과 가온의 지도가 배후에 있었음은 따로 말할 필요가 없었다.

　짧은 기간에 놀라울 정도로 성장한 대원들을 보는 가온의 눈길은 따스했다. 이제는 뒤를 어느 정도 맡겨도 안심할 수 있을 정도가 된 것이다.

　그동안 온 클랜과 함께 지낸 나크 훈이 오늘은 아침 일찍 나가더니 점심시간이 다 되어서야 막사로 건너왔다.

　"바쁘셨습니까?"

　"바쁘기는. 한때 대공 전하와 짧은 연이 있어서 인사를 하기 위해서 기다렸는데 생각보다 시간이 많이 지체되었구나."

　대공을 알현하기 위해서 찾아간 모양이다.

　함께 수련을 시작한 지 며칠밖에 안 되었지만 나크 훈의 기도는 예전과 많이 달라졌다. 전에는 달관한 것 같은 기운을 풍겼다면 지금은 나이와 어울리지 않는 강한 패기가 느껴졌다.

　그게 온 클랜원들과 함께 수련을 하면서 생긴 변화다. 천연 영약 덕분에 마나가 급증하고 가온과 함께 철월검류에 대해서 연구를 하면서 도무지 부수거나 넘을 수 없는 벽이 이제는 손에 잡힐 듯 가깝게 보이고 있었다.

"인사는 하셨습니까?"

"그래. 잠깐의 연이지만 기억을 하고 계시더구나. 포기하지 않고 정진하고 있는 것 같다고 더 열심히 수련하라는 격려도 받았다."

누구에게는 스승이지만 왕국 제일검으로 인정을 받는 대검호로부터 인정을 받은 것이 어지간히 기분 좋은 모양인지 잘 보여 주지 않는 미소를 계속 머금고 있었다.

"이번에 수송대와 함께 온 사람들이 꽤 많아 보입니다."

대공가와 근위기사단을 제외하고도 사오백 명이 더 있었다.

"맞다. 리치 네크로맨서 때문에 던전 공략이 지지부진하자 국왕 폐하께서 로가트 대공 전하께 부탁을 했다고 한다. 마탑들과 신전들도 고위급 마법사들과 사제들을 추가로 파견했고, 근위기사들까지 더 보내셨다. 오우거들에게 보급품을 수송하던 블랙펄 상단 건 때문에도 더 강한 전력이 필요했던 것 같고."

"그럼 추가된 전력은 어느 토벌군과 같이 움직이는 겁니까?"

"당연히 1왕자군이지. 리치와 죽음의 군단을 무너뜨려야 던전을 온전하게 클리어할 수 있으니까."

그럼 당분간 볼 일이 많을 것 같았다.

'언제 로가트 대공과 대련을 했으면 좋겠는데.'

대원들이 자신과의 대련에서 많은 것을 얻듯 자신도 완숙한 소드 마스터와 대련을 하면 얻는 것이 많을 것 같았다.

그렇게 나크 훈과 대화를 나누는 사이에 식사가 준비되었다.

샐리가 조리를 전담하기는 하지만 다들 그녀를 돕는다. 가온조차 시간이 나면 그녀를 도와서 음식을 만드니 다른 대원들이 그냥 앉아서 기다릴 수가 없었다.

그렇게 준비된 오늘의 점심 메뉴는 마늘 즙에 재운 콰르 고기 구이에 밀 빵 그리고 루시아산 포도 잼과 포도주였다.

"재료가 한정되어 있는데도 늘 다른 맛과 풍미를 가진 음식을 만들어 내다니 우리 샐리는 정말 대단하군."

나크 훈이 샐리에게 엄지를 들어 보였다.

"호호호. 뭘요. 다들 도와주는걸요."

사실 일행은 지금까지 두 달이 넘게 매 끼니마다 콰르와 플고렌스 고기를 먹고 있다. 마나를 증진시키기 위해서는 어쩔 수 없는 선택이다.

문제는 아무리 맛있는 음식이라도 매일 먹으면 질린다는 것. 그래서 샐리는 자신의 생각은 물론 다른 대원들의 아이디어를 참조해서 다양한 소스를 개발하는 것은 물론 창의적인 조리법으로 음식을 만들어 내고 있었다.

그렇게 막 식사를 하려는데 뜻밖의 손님이 찾아왔다.

"가제타 선배님!"

막 콰르 고기를 한 입 뜯으려던 나크 훈이 열려 있는 막사의 문 쪽을 쳐다보다가 경악한 얼굴로 벌떡 일어나며 소리쳤다.

"저희 막사에는 어쩐 일로?"

나크 훈이 대경해서 바라보는 인물은 그와 비슷한 나이의 중년 사내로 기이하게도 수염은 하얗게 샜는데 머리카락은 생기가 넘치는 은발이었다.

"식사가 준비되는 동안 숙영지를 돌아보다가 이곳에서 너무 맛있는 냄새가 나서 말이야."

"괜찮으시면 들어오십시오."

"그럴까?"

슬그머니 안으로 들어온 은발 사내의 눈이 막사 안을 훑었다.

파파밧!

마수가 눈앞에 있는 것 같은 위험하고 강렬한 기운이 섞여 있는 그의 시선에 대원들은 황급히 고개를 숙이거나 눈을 피했지만 가온은 달랐다.

'나보다 반 발짝 앞섰나?'

소드 마스터의 경지에 살짝 발을 올린 자신보다 약간 앞서 나간 것으로 보였다.

하지만 이런 고수가 대뜸 이렇게 살기를 뿌리는 건 실

례다. 만약 이 자리에 마나를 다루지 못하는 이가 있었다면 이 살기만으로도 심혼에 큰 타격을 받았을 것이다.

'이 정도의 고수가 초면에 하수의 심혼을 옥죄는 살기를 뿜어내면 안 되는 거잖아!'

초면에 대뜸 살기를 뿌리는 상대에게 강한 불쾌감을 느낀 가온은 마나를 방출해서 대원들 앞에 얇은 막을 만드는 것으로 살기를 막았다.

"호오! 마나로 막을 만들다니! 자넨 누군가?"

가제타라는 이름의 은발 사내의 눈이 가온을 향했다.

"가제타 님, 이쪽은 제 제자인 온 훈입니다. 온아, 이분은 대공가의 기사단장을 역임하신 가제타 백작이시다."

"뵙게 되어 영광입니다. 감히 훈의 성을 이어받은 온 훈이라고 하며 온 클랜이라는 작은 용병대를 이끌고 있습니다."

스승의 태도로 보아 꽤 가깝게 지내는 선배이니 초면에 느낀 부정적인 인상을 애써 숨기며 인사를 했다.

"호오. 자네가 바로 최근 호사가들의 입을 즐겁게 만드는 인물이로군. 그 나이에 벌써 스승을 뛰어넘다니 참으로 대단한 젊은이로군."

가온을 쳐다보는 눈빛에 강한 호기심과 함께 감탄하는 감정이 실려 있는 것으로 보아 가제타는 바로 경지를 알아본 것 같았다.

"랑트에 있을 때 인연을 맺은 제자로 저보다 훨씬 높은 재능과 열의를 가진 아이입니다."

나크 훈은 뿌듯한 얼굴로 공손하게 가온을 소개했다.

"그런데 정말 자네의 제자가 맞나? 마나가 아닌 묘한 힘이 더 느껴지는데?"

"온은 마검사입니다. 저와 함께 이계인과 관련된 임무를 받고 랑트로 파견되었던 볼코트 자작에게 사사했다고 합니다."

가온에 대한 소문은 들었지만 마검사인 줄을 몰랐었는지 놀라는 기색이 역력했다.

"정녕 놀랍고 장한 아이로군. 나도 저 친구의 나이였을 때는 이 정도에 이르지 못했는데…… 철월검류가 당대에 성세를 누릴 걸세."

철월검류까지 알고 있는 것으로 봐서는 나크 훈과 굉장히 가까운 사이인 것 같아서 가온은 처음에 받았던 불쾌한 인상을 억지로 지웠다.

"그럴 거라고 믿어 의심치 않습니다. 최근에는 오히려 제가 이 아이에게 가르침을 받을 정도니까요."

"하하하. 잘된 일일세. 진정한 사제라면 서로 발전할 수 있어야지. 자네야 워낙 출발이 늦어 발전이 더딜 수밖에 없었지만 뒤늦게라도 이렇게 뛰어난 제자를 거두어 스스로 발전할 토대를 만들었으니 축하할 일일세."

"좋은 말씀 감사합니다!"

"이제 앉아도 되겠는가?"

가제타는 가온을 똑바로 쳐다보며 물었다.

"물론입니다. 샐리, 한 접시 더 부탁해요."

가온의 지시에 그제야 정신을 차린 샐리가 후다닥 일어나서 여분으로 구운 콰르 고기를 접시에 담기 시작했고 다른 대원들은 뒤로 더 물러나서 자리를 만들었다.

대공가에서 기사단장을 역임한 고위급 기사인 가제타가 끼어드는 바람에 식사 분위기는 평소와 달리 착 가라앉았지만, 나크 훈과 그의 훈훈한 대화로 인해서 그다지 나쁘지 않았다.

나크 훈은 한때 벽을 넘기 위해서 대공가를 찾은 적이 있었고 잠시 가제타가 단장으로 있던 기사단에서 지내면서 지도까지 받아 경지가 조금 올랐다. 그렇기에 가제타 백작을 존경하는 마음이 강했다.

중년으로 보이는 외모와 달리 예순 살이 넘었다는 가제타 역시 결혼조차 하지 않고 우직하게 검의 길을 걸어온 나크 훈을 좋은 후배로 생각해서 짧은 기간이지만 성심껏 대련과 조언을 해 주었는데, 너무 늦게 상승 검술을 접한 것을 많이 아쉬워했다고 했다.

그래서 두 사람의 대화는 시종 화기애애했는데 식사를 마치고 후식까지 먹고 난 후 가제타의 분위기가 바뀌었다.

"대, 대체 이 음식들은 다 뭔가?"

가제타는 그야말로 대경실색했다. 대공령에서는 대공의 검으로 불리는 그는 대형 상단을 운영하는 가문 출신으로 자질을 인정받아 아주 어릴 때부터 검술을 배웠으며 가문의 지원으로 온갖 영약을 다 복용했다.

그런데 아무 생각 없이 먹은 음식으로 인해 마나가 소량 늘어났다는 사실을 이제야 감지한 것이다. 음식을 먹고 마나가 늘어난다는 건 그로서는 상식을 넘는 일이었다.

"드신 고기는 오크라강의 폭군이라고 불리는 콰르의 것이고 포도주와 포도 잼은 루시아라는 곳에서 생산된 것으로 모두 먹은 직후 연공을 하면 마나를 소량 증진시켜 주는 효과가 있습니다."

"허어! 마수 고기와 과일이 이렇게 농밀한 마나를 품고 있다니 믿어지지가 않는군. 잠시 연공을 해도 되겠는가?"

가온의 대답을 들은 가제타는 크게 놀랐다.

"물론입니다. 저희 대원들도 적당히 몸을 푼 후 연공을 해야 합니다. 옆 막사로 가시면 됩니다."

가온이야 워낙 빠르게 오행신공을 운공할 수 있기에 호법을 자처했다.

대략 10여 분이 지난 후 막사 밖으로 나온 가제타의 얼굴은 흥분과 기쁨의 감정이 가득했다.

"온 대장, 굉장히 인상적이고 훌륭한 식사 대접을 받아서 아주 고맙네. 안 그래도 나이가 들어서 그런지 아주 조금씩 마나가 흩어지고 있는데 아주 좋은 것을 알았어."

아무리 소드 마스터의 경지에 발을 올렸다고 해도 바디 체인지 현상이 일어나는 것은 아니다. 깨달음을 통해서 제대로 벽을 넘지 못하고 마나 연공술과 영약의 도움을 받아 소드 마스터가 된 경우에는 바디 체인지가 일어나지 않는다.

그러니 소드 마스터가 되었다고 해도 바디 체인지를 경험하지 않았다면 육체의 노화는 어쩔 수 없었다. 나이가 들면 육체 능력은 약해지고 마나 연공을 해도 더 이상 마나를 쌓을 수가 없게 된다.

노화의 결과는 거기에 그치는 것이 아니다. 그동안 쌓은 마나는 아주 조금씩 흩어지기 마련인데 그것을 보충할 수 있는 방법을 찾은 것이다.

'이제 오크라강의 폭군은 더 이상 찾아보기 힘들겠네.'

소드 마스터가 작정을 했으니 그가 던전에 나가면 바로 콰르 사냥을 시작할 것이고 얼마 지나지 않아서 오크라강에서 콰르는 더 이상 찾아보기 힘들 것이다.

"그런데 포도주 맛이 아주 일품이던데 어디서 구한 건가? 루시아라고 했나?"

"네. 랑트에서 지낼 때 제가 지분을 출자한 상단과 독점으로 거래를 하는 곳인데, 모든 것이 베일에 싸여 있습니다. 포도주와 맥주를 생산하고 있는데 양이 많지 않아서 아마 전량 아그레브 자작성에서 소비되고 있을 겁니다.”

“그런 일이 있었군. 이해는 하네. 고농도의 마나를 머금고 있는 포도를 재배하고 있다면 욕심 많은 인간들 때문이라도 모든 것을 비밀로 해야겠지. 그런데 내게도 소개를 해 줄 수 있나?”

“제 스승님이 선배로 각별하게 생각하는 분이니 당연히 그래야지요. 하지만 이곳에서도 드실 게 필요하실 테니 각각 5통씩 선물로 드리겠습니다.”

가온은 그 자리에서 포도주와 맥주통들을 꺼내 바로 가제타에게 선물했다. 이왕 선물을 하려면 크게 해야 상대를 만족시킬 수 있었다.

“하하하! 자네는 아주 화통하고 마음에 드는 친구야! 날 별로 어려워하지 않는 것도 마음에 들고. 그래서 말인데 자네가 별동대 역할을 맡았다지?”

가제타가 흡족한 얼굴로 포도주와 맥주통을 자신의 아공간 주머니에 넣으며 물었다.

“그렇습니다. 흑마법진 하나를 파훼하는 대가로 5만 골드씩 받기로 했습니다.”

“후유! 위험하지만 수입은 쏠쏠하겠어. 나도 같이하면 안 되겠나?”

“선배께서 말입니까?”

나크 훈이 놀라 물었다.

이건 대체 무슨 소리인지 모르겠다. 가온은 물론 대원들도 뜨악한 얼굴로 가제타를 쳐다봤다.

"기사단장 직위는 진작 물러났고 가문의 일도 어느 정도 마무리를 했네. 벽을 온전히 넘는 것은 아직 요원하지만 아직 나이도 있으니 젊은 날에 잠깐 경험했던 기사행처럼 혼자 세상을 자유롭게 돌아다닐 참이었네. 마침 대공 각하의 부탁이 아니었으면 이곳까지 오지도 않았을 거야. 그리고 내 위치 때문에 무조건 1왕자군에 합류하는 것도 꺼림칙하고 자네가 맡은 임무도 재미가 있을 것 같단 말이지."

"……그러셔도 되는 겁니까?"

대공의 검이라는 명예로운 귀족, 그것도 대공령에서는 대공 다음으로 강력한 권력을 가진 이가 비록 은퇴를 했다고는 하지만, 한낱 용병대에 불과한 자신들과 동행을 원하는 건 이해가 가질 않았다.

"당연히 되지. 대공 각하는 던전을 클리어하는 데 도움을 주라고 했을 뿐 세 왕자 중 누구를 도우라고 한 건 아니란 말이지. 비록 전하를 모시고 이곳까지 들어왔지만, 나야 은퇴를 한 상황이니 어디든 자유롭게 갈 수 있네. 자네에게만 하는 말이지만 세 왕자 모두 마음에 들지 않기도 하고 내 위치 때문에 노골적으로 어느 한 명을 편들 수가 없는 입장이거든. 온 대장, 내 제안이 어떠한가?"

가온은 가제타의 말을 듣고 그가 세 왕자의 관심을 피하고 싶어서 자신들과 동행을 하려는 것은 아닌가 하는 생각을 했다.

"제 입장에서야 도와주신다면 마다할 수 없습니다. 하지만 어떻게 대우를 해 드려야 할지……?"

무려 소드 마스터가 합류하는 것이니 온 클랜을 생각하면 당연히 받아들여야 하는데 대우를 어찌해야 할지 모르겠다.

"하하하! 대우는 무슨. 내 가문도 크게 상단을 운영하는데 내가 돈이 없겠는가? 아이템이 부족하겠는가? 유일하게 바라는 것이 있다면 방금 먹었던 음식들과 술만 있으면 되네."

"그것이야 가능합니다."

'기회를 봐서 대련을 할 수 있으면 최상이고 그게 아니더라도 옆에서 지켜보다 보면 얻는 것이 많을 거야.'

처음 대했을 때 느꼈던 불쾌감은 아직 남아 있었지만 고작 그것 때문에 거부할 이유가 전혀 없었다. 이건 빈집에 소가 들어온 격이었다.

"하하하. 그럼 그런 것으로 알고 있지. 대공 전하와 왕자님에게는 그렇게 알리고 다시 오겠네. 나크 훈, 자네는 어떻게 할 텐가?"

"안 그래도 온과 함께 움직일 생각이었는데 선배님이 나서 주신다면 제 거취도 쉽게 결정할 수 있을 겁니다."

"온 대장, 당분간 신세를 질 테니 앞으로 잘 부탁하네."

"정말 저희와 함께하신다면 먹고 마시는 것에 각별히 신경을 쓰겠습니다."

"하하하! 그럼 되네. 역시 생각했던 대로 온 대장이 아주 마음에 들어!"

가제타는 가온의 태도가 정말 마음에 드는지 대소를 터트리며 1왕자의 막사 쪽으로 향했다.

금방 돌아올 것 같던 가제타 대공은 오후 늦은 시간이 되어서야 온 클랜의 막사로 왔다.

"1왕자 측에서 엄청 잡았는데 선배의 청원을 들은 대공 전하께서 모든 말을 강하게 물리쳤어."

가제타를 대신해서 나크 훈이 설명을 해 주었다.

"이전부터 대공가가 정치적으로 중립이었다는 점과 기사단장의 직위와 작위까지 넘기고 자유롭게 세상을 유람하겠다고 나온 점이 아니었다면, 아직도 1왕자를 따르는 이들이 붙잡고 있었을 거야."

"대단한 분이네요."

국왕 다음으로 존귀한 신분인 대공이 크게 신임하고 있음에도 작은 용병대와 함께 움직이겠다는 가제타의 소탈함에 새삼 감탄했다.

"그렇지. 그래서 말인데 온 클랜에 내 자리도 있겠지?"

이번에는 나크 훈이 은근한 얼굴로 말했다.

"자리야 당연히 마련하면 되지만, 1왕자 전하께서 스승님을 순순히 놓아주겠습니까?"

"어차피 던전에 들어오기 전에 기사단에서 은퇴를 한 상태였다. 따르는 선배가 1왕자를 따라 던전으로 들어간다고 해서 동행한 것뿐이라서 누구도 날 만류할 수는 없지."

따르는 선배란, 나크 훈에게 가온이 준 흑표 가죽을 선물받은 인물일 것이다.

"그렇다면 당연히 저희 클랜의 고문으로 모셔야지요."

안 그래도 가제타의 합류가 마냥 반갑지만은 않았던 참이다. 모든 면에서 대원들과는 너무 현격한 차이가 있는 유명 인사였기 때문이다. 말이나 행동에도 조심을 해야 하는 어려운 동료가 되는 것이다.

하지만 나크 훈이 합류해서 가제타를 어느 정도 책임져 준다면 대원들은 조금은 더 자유롭게 행동할 수 있게 된다.

"하하하. 잘됐구나. 안 그래도 선배가 이렇게 행동하기 전에 나도 당분간 너와 함께 지내려고 했거든."

나크 훈은 가온과 재회를 한 후 내상도 치료했거니와 도저히 넘을 수 없을 것 같았던 벽을 넘을 희망이 보였기 때문에 철월검류도 함께 연구할 겸 한동안 함께 움직이려고 했다.

'무엇보다 마나를 증진시켜 주는 음식과 술은 포기할 수 없지.'

나크 훈이 생각하기에 가제타가 온 클랜과 함께 움직이려는 이유 중 천연 영약과 술의 지분이 대략 반은 넘을 것 같

예지몽으로
히튼랭커

왔다.

　그렇게 온 클랜은 막강한 실력자 두 명의 가세로 전력이 급상승했을 뿐 아니라 토벌군의 관심을 한 몸에 받게 되었다.

의뢰 수행

가온은 무사히 텔레포트를 해 온 1진 대원들을 보면서 마도구의 효과에 크게 감탄했다.

'30만 포인트가 전혀 아깝지 않아!'

한번 작동할 때마다 중상급 마정석이 필요하지만 숙영지에서 거의 5킬로미터나 떨어진 이곳까지 순식간에 안정적으로 이동할 수 있다는 점을 생각하면 정말 대단한 아이템이다.

이동식 텔레포트 마도구는 거대한 화강암 석판에 텔레포트 마법진을 새겨 넣은 것으로 마정석만 교체하면 반영구적으로 쓸 수 있었다. 심지어 이전에 아그레브를 오갈 때 사용했던 마탑의 공간 이동보다 더 안정적이었다.

문제는 이동식 텔레포트 마도구 한 쌍 중 하나를 텔레포트를 할 장소에 설치하는 것인데 비행이 가능한 가온이 있기 때문에 큰 문제가 되지 않았다.

　가온이 목적지에 도착해서 마도구를 설치하고 작동을 시키면 다른 쪽 마도구가 반응을 하기 때문에 바로 텔레포트를 하면 된다.

　흑마법진이 설치된 곳은 아침녘임에도 불구하고 주위가 저녁처럼 침침했는데 진의 크기는 직경이 10미터에 달했다.

　흑마법진을 처음 접한 대원들은 몸을 부르르 떨었다. 대지에 깃든 죽음의 기운을 끌어들이는 한편 대기 중으로 방출하고 있었다.

　"정말 불길한 기운이네!"

　"온몸이 오싹해!"

　가장 먼저 텔레포트한 1진은 정령사들이 포함되었는데 그들은 곧 가온의 명령에 따라서 곧 찾아올 언데드를 맞이할 준비를 했다.

　대지의 정령들이 소환되어 땅이 줄지어 솟아오르게 만들었다. 그렇게 만들어진 원형의 흙벽이 세 겹이나 되었다. 후와를 상대하면서 다수의 적을 이런 식으로 분리를 하는 것이 얼마나 유용한지 확인한 결과였다.

　2진으로 텔레포트한 대원들은 세 번째 흙벽을 돌아다니면서 일정한 간격을 두고 언데드를 상대할 자리를 단단하게 다졌고 마지막 3진이 도착하자 매디가 기다렸다는 듯 첫 번째 흙벽 안쪽에 직경이 20여 미터에 달하는 범위를 홀리필드로 바꾸고 있었다.

단발적인 홀리필드 마법이 아니라 가온이 전해 준 성물을 이용해서 흑마법진을 감싸는 큰 신성 마법진을 만드는 것이다.

마법진이 완성되면 그 안은 신성력으로 가득한 홀리필드가 되어 흑마법진이 영향력을 발휘할 수가 없었다.

"온 대장, 왜 당장 흑마법진을 파훼하지 않는 건가?"

3진에 포함된 가제타가 함께 이동한 나크 훈을 상대로 텔레포트 마도구의 효용에 대해 얘기를 하다가 문득 의아했는지 가온에게 물었다.

"신성 마법으로 흑마법진의 위력을 낮춘 후에나 코어들을 제거할 수 있기도 하지만 이왕 이곳까지 왔는데, 언데드는 한번 상대를 해 봐야 하지 않겠습니까?"

이미 흑마법진에 대해서는 앙헬의 도움을 받아서 벼리가 파악하고 있는데, 제거하는 것은 그리 어려울 것 같지 않다는 말을 들었다.

무엇보다 벌써 모둔이 흑마법진의 마나와 끌어들이고 있는 죽음의 기운을 흡수하고 있었다.

"하하하. 그렇긴 하지. 이왕 왔으니 손맛은 봐야지."

호전적인 성격을 가진 가제타는 가온의 대답이 무척 마음에 드는 모양이다.

"두 고문께서는 마도구를 보호하시다가 혹시 밀리는 쪽이 보이면 좀 도와주십시오."

"그러지."

텔레포트 마도구는 곧 언데드 천지가 될 상황에서 흑마법 진을 부순 후 벗어날 때 꼭 필요했다.

"그런데 모두 텔레포트를 하고 나면 누가 이 귀한 마도구를 챙기지? 설마 대장이 홀로 남아서 챙겨 오려는 건 아니지?"

"그래. 세상 어디에도 없을 이 귀한 마도구를 어떻게 회수할 생각이냐?"

마수나 몬스터를 상대한 경험이 많은 대공이나 나크 훈은 이 텔레포트 마도구의 효용과 가치를 충분히 알고 있었기에 가온보다 더 걱정스러운 얼굴이었다.

"아! 그 부분을 말씀드리지 않았군요. 제겐 비행 아이템이 있습니다."

두 사람이 그게 무엇인지 물어보려고 할 때 정찰을 위해 내보냈던 카오스와 녹스로부터 사방에서 언데드가 몰려온다는 의념이 들어왔다.

"모두 준비!"

가온의 명령이 떨어지고 얼마 후 가제타가 고개를 끄덕였다.

"빨리도 오는군."

달리 소드 마스터가 아닌지 가제타는 그 사실을 알아차렸다.

"저는 은신한 상태로 비행 아이템을 이용해서 공중에서 상황을 지켜보면서 전투를 지휘하겠습니다. 그럼 부탁드리겠습니다."

그렇게 말한 가온은 투명날개를 장착하고 단숨에 위로 날아올랐는데 마치 거대한 새의 그것처럼 빠르고 민첩했다. 그리고 얼마 후 그의 모습은 감쪽같이 사라졌다.

"허업! 저런 기물까지 가지고 있다니!"

"허허허. 완전히 새네!"

가제타와 나크 훈은 가온의 등 뒤에 생겨난 날개와 그가 순식간에 하늘로 날아오르는 모습을 보고 눈이 휘둥그레졌다.

두 사람도 마도구나 아이템에 대해서 모르는 것이 별로 없지만 텔레포트 마도구나 방금 가온이 사용하는 투명날개와 같은 아이템은 처음 본다.

"텔레포트 마도구에 이어 비행이 가능한 아이템까지 가지고 있다니. 정말 그가 말한 대로 스파인 산맥을 넘어오면서 고대 유적 던전을 몇 개 정도는 털어 버린 모양이네. 아니면 제국에서도 명망이 높은 집안 출신이거나. 자네, 아무래도 대단한 제자를 둔 것 같으이."

"그러게 말입니다. 사실 말이 제자지 검술의 수준이나 모험 경험을 봤을 때는 사제가 아니라 동문 사형제나 다름없긴 합니다."

"자, 감탄은 나중에 하고 온 클랜원들의 전투력을 한번 확인하도록 하지. 나는 전방을 맡을 테니 자네는 후방을 맡게."

"네, 선배님!"

그렇게 대응에 들어간 가제타와 나크 훈이지만 그들의 시선은 가온이 사라진 공중에 머물러 있었다.

'이상할 정도로 스켈레톤이 많네.'

스켈레톤은 언데드 중에서는 가장 하등한 존재로 플레이어를 기준으로 하면 레벨 10만 되어도 한 기를 감당할 수 있었다.

그런데 자세히 살펴보니 일반적인 스켈레톤이 아니었다.

'다크 스켈레톤!'

죽음의 기운이 농밀한 곳이어서 그런지 스켈레톤의 뼈 색깔이 희거나 회색이 아니라 검은색이었다. 단순히 소환한 언데드가 아니라 흑마법으로 강화를 했다는 뜻이다.

'그래 봐야 20레벨 정도이니 대원들에게 큰 위험은 아니지만 수가 장난이 아니네.'

사방에서 밀려오는 스켈레톤의 물결은 끝이 안 보일 정도여서 수를 헤아리기 힘들었다.

예지몽으로
히든랭커

이미 헤븐힐과 매디는 대원들에게 버프와 축복을 건 상태였다.

'정령사들, 준비해!'

심어로 명령을 내리자 네 방향에 자리를 잡은 정령사들이 일제히 불의 정령과 바람의 정령을 소환했다. 이미 다른 대원들과 마찬가지로 헤븐힐의 버프와 매디의 축복을 받은 상태라 정령사들의 상태는 최상이었다.

"화염 생성!"

불의 정령이 주먹 크기의 불덩어리들을 계속해서 만들어 내자 바람의 정령이 부채꼴 방향으로 고루 날려 버리기 시작했다.

언데드에게 효과적인 마법적인 공격은 바로 화염이다. 그것도 세르나가 소환한 바람의 정령은 중상급으로 마치 매직 미사일처럼 움직이는 목표를 향해 불덩어리의 궤도를 움직일 수 있었다.

마론과 바로 그리고 나디아도 파이어 볼을 날리기 시작하자 대낮임에도 어두웠던 주위가 환해졌다.

화염구는 스켈레톤의 몸에 닿는 순간 뼈를 태우기 시작했고 곳곳에서 불길에 휩싸인 스켈레톤들이 나타나기 시작했다.

이어서 마나가 주입된 스톤과 라테의 화살들이 스켈테톤의 두개골을 부수기 시작했고 그런 놈들은 뼈가 가루가 되어 바닥으로 흘러내렸다.

스켈레톤은 다른 뼈가 부서지면 여전히 움직일 수 있지만 두개골이 부서지면 더 이상 움직이지 못하는 언데드다.

하지만 스켈레톤의 숫자는 너무 많았다. 그 정도로는 놈들의 진군을 막을 수 없었다.

얼마 지나지 않아서 스켈레톤들은 세 번째 흙벽을 오르기 시작했고 본격적으로 언데드 사냥이 시작되었다.

검사들은 검광을 생성해서 스켈레톤들의 두개골을 부수기 시작했고 랄프도 연신 철퇴를 휘둘러서 놈들의 머리통을 부수었다.

패터는 높은 사각형의 그릇에 성수를 붓고 창 열 자루를 거꾸로 담근 후 하나씩 번갈아서 사용했는데 두개골에 구멍만 뚫어도 촉에 묻어 있는 성수로 인해서 얼마 후에는 스켈레톤들이 부서지고 있었다.

모두가 활약을 하고 있지만 스켈레톤의 숫자는 더욱 빠르게 불어나고 있었다.

'아무래도 안 되겠다!'

가온은 준비한 성수뿌리개를 꺼냈다. 물뿌리개 안에 성수를 집어넣은 것이다.

대략 10미터 상공에서 정령사들이 일으켜 세운 흙벽 위를 향해서 성수를 뿌리며 천천히 선회하자 성수에 맞은 스켈레톤들이 소리를 내지는 못하지만 괴로워했는데, 성수에 닿은 부위는 흰색 혹은 회색으로 변했고 작은 타격에도 뼈가 부서졌다.

그렇게 5분 정도가 지났다. 족히 1천여 마리나 되는 스켈레톤이 가루로 변했지만 상황은 별로 좋아지지 않았다.

한편, 뒤에서 전황을 살펴보던 나크 훈과 가제타도 이리저리 뛰어다니면서 위험해 보이는 대원들을 도와서 스켈레톤을 처리하기 시작했다.

세 번째 흙벽을 넘어온 스켈레톤들은 아직 없었지만 곧 그런 사태가 올 거라고 모두가 짐작하는 상황이 된 것이다.

가온은 두 번째 흙벽까지 후퇴를 하라고 명령을 내리려다가 문득 떠오른 생각에 명령을 유보했다.

가온은 다시 세 번째 흙벽을 따라 천천히 선회하면서 화속성의 마나에 미량의 신성력을 담은 마나탄을 날리기 시작했다.

신성력이 담긴 마나탄에 두개골을 맞은 스켈레톤들은 순식간에 가루가 되었다. 단순히 두개골이 부서진 것이 아니라 신성력까지 더해진 결과였다.

가온의 비행 속도가 빨라질수록 가루가 되는 스켈레톤들이 많아져서 대원들은 한숨 돌릴 수 있었다.

또 그때 마침 마나를 회복한 헤븐힐이 광역 버프를 걸어주자 대원들의 상태는 다시 쌩쌩해졌다.

가온은 대원들의 상태를 고려해서 마나탄을 계속 쏘았다. 흙벽으로 기어오르는 스켈레톤의 숫자가 대원들이 감당할 수 있는 정도를 넘어선다 싶으면 마나탄을 더욱 빠르게 발사하는 것이다.

하지만 스켈레톤들은 인해전술을 사용하고 있어 온 클랜은 결국 세 번째 흙벽과 두 번째 흙벽을 포기할 수밖에 없었다. 결국 30여 분 후에는 흑마법진과 가장 가까운 흙벽까지 밀리고 말았다.

"젠장! 끝도 없이 몰려오네!"

가온이 자신이 맡고 있는 구역의 스켈레톤들을 쓸어버린 덕분에 잠시 숨 돌릴 여유가 난 퍼슨이 진저리를 치며 소리쳤다.

개인당 족히 500마리 이상씩은 해치웠건만 아직도 몰려드는 스켈레톤의 숫자는 줄어들지 않았다. 그나마 나크 훈과 가제타가 구멍을 막아 주고 좀 버겁다 싶으면 하늘을 날면서 마나탄으로 숫자를 빠르게 줄여 주는 가온이 아니었다면 이 정도까지 견딜 수도 없었을 것이다.

'아무래도 더 이상은 안 나올 것 같네.'

가온은 스켈레톤을 혼자서 거의 3천 마리 이상 소멸시켰음에도 상위 언데드가 나오지 않아서 흑마법진을 정리할 준비를 했다.

그런데 그때 말발굽 소리가 들려왔다.

주위로 시선을 돌리니 먼 곳에서부터 검은 무언가가 몰려오기 시작했다.

'데스나 다크 나이트는 아니네. 그럼 본 나이트?'

매의 눈으로 살펴보니 뼈로 이루어진 말을 탄 기사들이 보였는데, 투구나 바이저를 쓰지 않은 놈들이 많아서 드러난 해골을 확인할 수 있었다. 부서지고 해진 갑옷 안에 뼈만 있는 기사들인 것이다.

데스나이트나 다크 나이트는 소위 흑마력이라고 부르는 음차원의 마나로 이루어진 갑옷을 입고 있다. 특히 데스나이트는 생전에 소드 마스터였던 기사가 베이스가 되기 때문에 오러 블레이드를 사용할 수 있었다.

그와 달리 죽음의 기운으로 만들어진 스켈레톤 기사가 바로 본 나이트로 놈들은 뼈로 이루어진 말을 타고 있었다.

레벨은 생전의 실력에 비례하지만 기사 출신이라면 대개 검광 이상의 실력을 가지고 있으니 레벨업에는 도움이 될 것이다.

'좋아! 이놈들까지만 처리를 하고 물러나자!'

가온은 바로 신성 마법을 준비하고 있는 매디에게 심어로 명령을 내렸다.

⟨⟨⟨⟩⟩⟩

"홀리 레인!"

본래라면 대사제 정도는 되어야 펼칠 수 있는 신성 마법이 펼쳐지면서 홀리필드 마법진이 펼쳐진 곳을 중심으로 반경 30미터에 신성력이 가득한 비가 내리기 시작했다.

"우와아!"

　놀랍게도 비를 맞은 스켈레톤들이 쓰러지기 시작했다. 일부는 바로 가루로 변했고 나머지는 천천히 몸이 부서지고 있었다.

　'본 나이트가 접근하고 있으니 준비하십시오!'

　대원들에게 심어로 경고한 가온은 가장 가까운 곳까지 달려오는 본 나이트를 향해 날아갔다.

　'어디 한번 확인해 볼까.'

　아까 스켈레톤에게 쏠 때와 동일한 신성력으로 마나탄을 두개골을 향해 쏘았더니 맞은 본 나이트가 휘청거리긴 했지만 자신을 똑바로 쳐다보며 기성을 질렀다.

　'그럼!'

　이번에는 신성력을 대여섯 배 높여서 마나탄을 날리자 투구에 맞은 본 나이트의 머리가 부서지면서 앞으로 엎어지더니 급기야 뼈로 이루어진 말에서 떨어졌는데, 뼈는 그사이에 가루로 변해서 바닥에는 부서진 갑옷만 남았다.

　'신성력 소모가 크긴 하지만 효과가 있네.'

　그래도 이 정도라면 스켈레톤을 상대할 때와는 달라야만 했다.

신성력이 가미된 마나탄이 여전히 통한다는 사실을 확인한 가온은 넓게 선회를 하면서 본 나이트들을 상대로 마나탄을 쏘아 대기 시작했다.

'치환 반지로 마나나 마력을 신성력으로 바꿀 수 있는 것이 정말 다행이네.'

가온이 보유한 에너지 중 신성력의 수치가 가장 낮다. 아직까지도 채 100이 되지 않는 것이다.

그래도 치환 반지 덕분에 주교나 대주교급의 신성력을 쓸 수 있으니 얼마나 다행인가.

가온이 바쁘게 움직이는 동안 정령들도 각자 할 일을 하고 있었다.

먼저 모둔은 흑마법진의 중앙에서 마나를 흡수하고 있었고, 앙헬과 마누는 스켈레톤들이 남긴 마정석을 챙기고 있었다. 일반 스켈레톤이 아니라 다크 스켈레톤이었기에 대부분 하급 마정석을 가지고 있었다.

마정석을 챙기는 것은 돈 때문만은 아니었다. 상당수가 두개골이 부서져서 리치라고 하더라도 다시 만들어 내기는 힘들지만 나머지 뼈가 문제였다. 두개골만 있으면 스켈레톤을 얼마든지 만들 수 있었다.

리치의 흑마력에 반응하는 마정석을 회수해야 스켈레톤이 다시 만들어지는 것을 약간이나마 방비할 수 있었다.

카오스와 녹스는 여전히 정찰과 경계 임무를 수행하고 있
었다.

─스켈레톤은 더 이상 안 보여.

─이쪽으로 달려오는 본 나이트의 숫자가 300 정도야.

이 정도까지만 알려 주어도 전황을 유리하게 이끌 수 있
었다. 사냥이건 전투건 정보가 가장 중요했다.

이제 근접 전투조원들은 흙벽 밖으로 나와서 본 나이트를
상대하기 시작했다. 물량공세를 펴던 스켈레톤가 거의 사라
진 상태이기 때문이기도 하지만, 본 홀스는 순식간에 흙벽을
뛰어오를 수 있어 더 이상 흙벽의 효과를 볼 수 없었기 때문
이다.

이제 본 나이트들만 상대하면 되는 데 걸림돌이 하나 있
었다.

'어떻게든 본 홀스를 없애야 해!'

가온이 준 성물까지 이용해서 홀리 레인을 펼친 매디가 기
진맥진해서 쉬고 있는 지금 쓸 수 있는 효과적인 방법은 정
령을 이용하는 것이다.

'정령사들은 공격을 멈추고 대지의 정령을 소환해서 대
원들이 상대하는 본 나이트가 타고 있는 본 홀스의 발을 붙
잡아!'

가온의 명령이 떨어지자 라테와 로테를 제외한 나머지 정
령사들이 일제히 대지의 정령을 소환해서 동료들이 상대하

는 본 나이트가 타고 있는 본 홀스의 발을 붙잡았다.

본 홀스의 발이 대지의 정령에게 붙잡히자 기동력을 잃었을 뿐 아니라 운신의 폭이 줄어든 본 나이트들은 대원들의 공격을 효과적으로 받아치지 못했다.

본 나이트들은 대지의 정령에 발을 붙잡히자 난동을 피우는 본 홀스로 인해서 마음대로 움직일 수도 없어서 마법사들의 파이어 볼을 피할 수도 없어 속수무책으로 당했다.

그렇게 50여 기의 본 나이트가 대원들에게 척살되자 누군가 명령을 내리기라도 한 듯 본 나이트들이 일제히 본 홀스에서 내렸다.

그 모습을 본 가온은 본 나이트들에게 명령을 내리는 존재가 따로 있다는 사실을 알아차리고 카오스와 녹스에게 찾아 달라고 부탁했다.

'어디 있는 거지?'

그렇게 전장을 살피는 동안 근접 전투조원들은 하마한 본 나이트를 훌륭하게 상대하고 있었다. 생전에 기사였다고 해도 이지를 상실하고 영혼에 새겨진 대로 검을 휘두르는 본 나이트의 무력은 그렇게 높지 않았다.

문제는 개체마다 실력이 천차만별이라는 것인데 타람과 로에니가 알아서 강한 본 나이트를 찾아서 처리를 하고 있었고, 가제타와 나크훈이 위험해 보이는 대원이 보이면 즉각 지원하기 때문에 그렇게 위험한 상황은 일어나지 않았다.

본 나이트와 맞서 싸우는 대원들은 신이 났다. 실전과 같은 대련을 매일 하고는 있지만 그래도 실전과는 다르다. 마음 한구석에는 동료를 해치고 싶지 않다는 마음이 남아 있어서 아무래도 전력을 다하기 힘들었기 때문이다.

그런데 이놈들은 살아 있는 생물도 아니니 마음껏 손을 써도 된다. 마나가 주입된 화살을 날리고 있는 스톤과 라테처럼 위험하면 도와줄 동료들도 있으니 마음을 놓고 자신이 익히고 수련해 온 모든 것을 펼칠 수 있었다.

의외로 언데드를 상대로 가장 크게 활약을 하는 대원은 다름 아닌 랄프였다. 보통 사람은 들기도 힘든 중병기를 가지고 다니는 랄프는 검광을 발현하지 않았음에도 본 나이트를 산산조각 낼 정도로 강력한 공격력을 퍼붓고 있었다.

이 정도면 지칠 만도 하지만 대원들은 여전히 쌩쌩했다. 헤븐힐과 매디의 버프와 축복이 아니더라도 피로감이 느껴지면 잠시 뒤로 물러나서 가온이 준 비약을 들이켜면 금방 몸 상태가 회복되었기 때문이다.

가온은 전방위에서 벌어지는 격렬한 전투를 지켜보면서 몇 번이나 선회를 했지만, 지휘자라고 할 수 있는 언데드나 흑마법사를 찾아낼 수 없었다. 그건 카오스와 녹스도 마찬가지였다.

'설마 원거리에서 이곳을 지켜보고 있는 건가?'

갑자기 든 생각에 이번에는 아래쪽이 아닌 옆과 위로 마나 파동을 방출했다.

모둔 때문에 흑마법진의 위력이 약해졌는지 한결 밝아진 주위를 매의 눈으로 주위를 면밀하게 살피던 가온은 돌아온 마나 파동을 감지했다.

'호오! 거기 있었군!'

흑마법진에서 300미터 떨어진 고사목 군락지가 있었다. 죽음의 기운 때문에 생기를 모두 잃었지만 워낙 단단한 수종이라서 죽은 채로 그 자리에 남아 있던 나무들이었다.

그 고사목들의 가지 위에는 거대한 체구의 까마귀들이 앉아 있었는데, 그중 한 마리와 부딪혀서 돌아온 파동이 이상했다.

가온은 지금까지는 다른 사람의 눈에 보이도록 설정했던 투명날개를 원래대로 투명하게 만든 후 은신 스킬을 발동해서 허공으로 녹아들었다.

까마귀들이 앉아 있는 고사목 군락지에 가까이 접근한 가온은 목표로 찍은 까마귀의 부리가 벌어질 때마다 본 나이트들의 움직임이 조직적으로 바뀌고 있음을 확인할 수 있었다.

'패밀리어 마법인가?'

패밀리어 마법은 마법사가 곤충이나 새 등 작은 동물을 조종해서 은밀하게 어떤 상황을 훔쳐보기 위한 용도로 많이 사용하는 정신계 마법이다. 흑마법으로 분류가 되지 않을 정도로 꽤 많이 사용되는 마법이다.

　다만 제대로 펼치기 위해서는 최소한 마나 고리가 다섯 개는 되어야 하며 매개체가 죽임을 당하는 등 큰 손상을 받으면 시전자의 영혼은 물론 육체에도 큰 충격이 가해진다.

　지금 까마귀가 하는 짓을 보면 패밀리어이기는 하지만 최소한 6서클 이상의 마법사가 제어하는 것 같았다.

　누군지는 모르겠지만 패밀리어의 눈을 통해서 지금까지 전장을 살펴보던 존재는 가온을 알아차리지 못하고 있었다. 은신한 상태로 하늘을 날아다니며 신성력이 깃든 마나탄을 날리니 스켈레톤과 본 나이트가 쓰러져도 신성 마법에 당한 것 정도로 여긴 것이다.

　만약 다섯 개의 마나 고리를 가진 마법사가 패밀리어의 자리에 있었다면 이상함을 감지하고 가온의 존재를 의심했겠지만, 관심이 치열한 싸움이 벌어지고 있는 전장에 쏠려 있는 상태이기 때문에 패밀리어의 눈을 통해 그 정도까지 확인하기는 힘들다.

　당연히 놈은 가온의 밥이었다.

　'벼리야, 패밀리어 마법에 가장 큰 충격을 줄 수 있는 방법이 뭐가 있을까?'

　─아무래도 정신계 마법이기 때문에 지속성이 높은 전격 마법이 가장 큰 충격을 줄 거예요.

　마법사가 패밀리어 마법을 발동하고 있는 동안은 패밀리

어와 어느 정도의 동화 상태가 된다. 즉, 패밀리어가 받은 충격의 일정 비율에 해당하는 물리적인 충격을 받는 것이다. 그래서 누군가는 패밀리어 마법을 양날의 검과 같은 마법이라고 표현한다.

'마누, 이쪽으로 와!'

가온은 순식간에 공간 이동을 한 마누로 하여금 마법사의 패밀리어가 된 까마귀를 죽지 않을 정도의 전격으로 지지도록 했다.

츠즈즈즛!

뭔가 이상함을 감지하고 날아가기 위해 날개를 펴던 까마귀는 곧 시퍼런 전광에 휩싸였다.

ㅡ으아아아악!

누군가의 고통 어린 비명이 들리는 것 같았다.

본 나이트들에게 명령을 내리는 존재가 사라졌다. 이제 놈들은 살아 있는 존재에 대한 맹목적인 적개심으로 몸에 새겨진 대로 검을 휘두르는 해골 기사에 불과했다.

당연히 그런 본 나이트에게 죽거나 다칠 대원들은 없었다.

제대로 명령을 받지 못하는 본 나이트들은 급속히 무너졌다. 본능적인 검세와 검광 정도밖에 발현하지 못하는 놈들은 대원들의 밥에 불과했다.

'이크! 그래도 1레벨 정도는 올려야지.'

다시 날아오른 가온의 손가락에서는 연신 신성력이 깃든 마나탄이 발사되어 본 홀스와 본 나이트의 두개골에 커다란 구멍을 만들었다.

가온이 본격적으로 가세한 덕분에 얼마 지나지 않아서 본 홀스와 본 나이트는 모두 뼛가루로 변해 버렸다.

그렇게 가루가 되는 본 홀스와 본 나이트를 보는 가온은 내심 혀를 찼다.

'마정석 말고는 주는 게 없네.'

레벨 차이가 너무 나서 레벨업에 별로 도움도 되지 않거니와 파워 드레인 스킬도 펼칠 수가 없었다.

더 이상 언데드가 보이지 않자 긴장이 풀어진 대원들이 힘없이 자리에 주저앉았다. 마나나 체력도 그렇지만 심력까지 고갈되어 몸이 천근만근이었다.

"자! 체력 포션을 한 병씩 마신 후 기운을 차리고 돌아갈 준비를 하세요!"

아무리 버프와 축복 그리고 비약 덕분에 더 싸울 수 있다고 해도 또 다른 언데드가 출현할 수 있으니 이만하는 것이 좋았다.

가온의 명령이 떨어지자 대원들은 체력 포션을 마시고 힘겨운 발걸음으로 지친 몸과 마음을 안정시켜 주는 홀리필드 마법진으로 모였다.

"신성 마법진을 해체해!"

대원들은 매디를 도와서 땅에 파묻은 성물을 수거하고 땅에 그린 마법진의 홈을 채운 금과 은 그리고 미스릴 가루 등 마법 재료들을 챙겼다.

　그렇게 홀리필드 마법진이 해체되었지만 희한하게도 처음 느꼈던 불길하고 음습한 기운은 더 이상 느낄 수 없었다.

　"이상하네. 흑마법진에서 별다른 감각을 느낄 수 없네. 스켈레톤과 본 나이트를 모두 소멸시켜서 그런가?"

　"그러게요. 흑마법진은 그대로인 것 같은데 마치 해체된 것처럼 아무것도 느낄 수가 없어요."

　마론과 바로가 그렇게 흑마법진의 이상을 눈치챘을 때 가온은 모둔과 대화를 나누고 있었다.

귀환

'모둔, 흑마법진은 어떻게 된 거야?'

—흑마법진의 흑마력과 진에 의해서 끌려 온 죽음의 기운을 모두 다 흡수해 버렸어요.

'그럼 코어와 마정석들을 바로 챙기면 돼?'

—네. 제가 챙길까요?

'아니, 보는 눈이 있으니 내가 챙길게. 그런데 코어와 마정석들은 완전히 텅 빈 거야?'

—네. 하지만 코어는 상급이고 서브 코어들은 중상급이어서 생명의 아공간에 넣어 두면 얼마 지나지 않아서 충전이 될 거예요.

라헨드라에게 들은 바에 따르면 고원에 설치된 흑마법진

의 숫자는 대략 300개나 된다.

　이놈의 리치는 대체 얼마나 마정석이 많기에 상급과 중상급을 이렇게 많이 보유하고 있는 것일까?

　'그런데 흑마력이나 죽음의 기운은 음차원의 속성을 강하게 가지고 있을 텐데 괜찮은 거야?'

　─지난번에 말씀드린 대로 제가 흡수하지 않고 따로 모아서 구슬로 만들었어요. 제 것으로 순화시키려면 시간과 노력이 많이 필요해서 별로 흡수하고 싶지 않아요.

　'그럴 수도 있는 거야?'

　죽음의 기운과 흑마법진이 방출하는 흑마력은 둘 다 음차원의 에너지인데 모둔은 분리해서 구체로 따로 모을 수 있다니 놀랄 수밖에 없었다.

　─제겐 가능한 일이에요.

　'모둔이 있어서 정말 다행이다. 아무튼 고생했어. 이젠 좀 쉬어.'

　─호호호. 온 님에게 도움이 된다니 정말 다행이에요.

　바로 생명의 아공간으로 돌아간 모둔이 흡수해서 만들어 둔 에너지구들은 언젠가 쓸 일이 있을 것이다. 하다못해 갓 상점을 통해 경매에 올리면 엄청난 포인트를 얻을 수 있을 거라고 확신했다. 죽음의 기운도 그렇지만 흑마력은 희귀한 속성의 마력이니 말이다.

　'아! 앙헬에게는 도움이 되겠다!'

흑마력은 마계의 마나가 비슷하다는 얘기를 도서관 유적지의 책 중에 그런 내용이 있었던 것 같았다.

하지만 지금은 한가하게 그런 생각을 할 때가 아니었다.

가온은 이동식 텔레포트 마법진의 코어 위치에 빼 두었던 중상급 마정석을 집어넣었다.

"자, 나는 흑마법진의 코어를 처리해야 하니 이번에는 역순으로 이동합시다!"

"제대로 된 손맛은 못 봤지만 오랜만에 재미있었네. 그럼 우리부터 이동하겠네."

가제타가 먼저 3진과 함께 텔레포트로 사라지고 곧바로 2진이 마법진 위로 올라가는 것을 확인한 가온은 이제는 텅 비어 버린 코어와 서브 코어들을 챙기기 시작했다.

"대장님, 대체 언제 어떻게 흑마법진을 파훼했던 거예요?"

1진으로 건너왔던 세르나가 신기하다는 눈을 하고 물었다. 그녀는 흑마법진이 더 이상 작동하지 않는다는 사실을 알아차린 상태였다.

흑마법진은 진이 방출하는 거대한 힘을 압도할 수 있는 강력한 힘으로 단번에 부수거나 코어들이 제대로 기능할 수 없도록 만들어야 파훼가 된다는 사실 정도는 그녀도 알고 있었다.

하지만 언데드를 상대하는 과정을 지휘하고 있던 가온이 언제 어떤 방법으로 이렇게 해 놓았는지 이해할 수 없었다.

"정령들로 하여금 대지에 계속 충격을 주어 코어들이 제 위치에서 벗어나도록 만들었습니다. 시간은 걸리더라도 가능하기만 하다면 가장 쉽게 흑마법진을 무력화시킬 수 있을 거라고 예상했는데 다행히 맞더군요."

"아! 그래서 시간을 끈 거군요."

자신들이 이용한 이동식 텔레포트 마법진은 거대한 화강암 석판에 새겨져 있어 그런 방법이 통하지 않지만 그냥 땅에 새긴 흑마법진은 달랐다.

코어들을 잇는 마법 재료들로 인해서 쉽게 진이 흔들리거나 부서지지는 않지만, 일단 작은 변화만 생겨도 제대로 마법의 위력이 발휘되지 않는다는 것은 상식이다.

세르나는 그래서 시간이 필요했고 자신들이 언데드들을 상대해야만 했다고 이해했다.

"자, 우리도 슬슬 갑시다."

더 이상 죽음의 기운이 느껴지지 않자 가온이 1진에 속했던 대원들을 불러 모았다.

"그런데 이 석판은 어떻게 회수해요?"

매디가 물었는데 다들 같은 생각을 하고 있었던 모양인지 그의 대답에 주목했다.

"아까 설치했을 때와 동일합니다. 내가 회수해서 은신처로 가지고 갈 겁니다."

"아!"

처음에는 다들 이해하는 것 같더니 세르나가 심각한 얼굴로 입을 열었다.

그렇게 첫 번째 흑마법진 공략은 성공을 거두었다.

"성공입니다!"

1왕자군의 회의 막사 한쪽에 설치되어 있는 지형도를 살펴보고 있던 한 마법사가 들뜬 목소리로 소리를 질렀다.

"정말인가?"

"네, 전하! 코어 근처에 묻어 두었던 통신석의 불이 꺼졌습니다. 근처에 있는 흑마법진의 코어가 사라졌다는 증거입니다!"

1왕자가 상기된 얼굴로 묻자 마법사가 대답하자 모여 있던 수뇌부가 소리를 내지는 않았지만 활짝 웃었다.

"그 인원으로 엄청난 숫자의 언데드들이 지키고 있는 흑마법진을 소멸시키는 임무를 해내다니 소문이 사실이었군."

"역시 능력이 출중한 클랜이었습니다!"

"소드 마스터인 가제타 백작까지 합류했으니 실패할 리가 없지요."

누구는 칭찬을 하고 누구는 폄하를 했지만 어쨌든 1왕자군의 진로가 열린 것은 사실이다.

"적어도 하루에 하나씩은 없앤다고 자신했으니, 우리도 이제 숙영지를 벗어나 적극적으로 움직일 때가 되었소."

"바로 출동할 수 있도록 준비하겠습니다!"

비록 하나에 불과했지만 이 던전의 보스인 리치가 있는 곳과 곧장 연결이 되는 진로에 위치해 있으며 흑마법진을 중심으로 사방 1만 보 거리까지 강력한 영향을 주는 흑마법진이 하나 사라졌으니, 이제까지와 달리 움츠렸던 날개를 펴도 된다.

기다렸던 낭보에 1왕자군의 사기가 빠르게 올라갔다.

가온이 마련한 은신처는 바로 땅속이었다. 카오스가 지하 30미터 깊이에 직경 50여 미터에 달하는 반구형의 공간을 만들어 둔 것이다.

혹시 몰라서 지상에는 비타젠 열 그루를 둥글게 심어 두어 언데드나 죽음의 기운을 걱정할 필요가 없었다.

반구형의 지하 공간에는 모두 열 개의 방이 있었다. 가장 큰 공간에는 이동식 텔레포트 마도구가 자리하고 있었고, 나머지는 남녀로 분리가 된 화장실과 욕실 그리고 쉴 수 있는 방이 일곱 개로 여자들이 두 개를 쓰기로 했다.

임시 본거지로 돌아온 일행은 각자 알아서 쉬거나 이번 언데드와의 전투를 복기했는데, 나디아는 특이하게도 혼자서 열심히 뭔가를 하고 있었다.

"나디아, 뭘 하는 거야?"

나디아가 마정석을 포함해서 여러 가지 물건을 꺼내 놓고 자와 비슷한 기구로 선을 긋고 있는 모습을 본 가온이 물었다.

"알람 마법진을 새기려고요."

"여기에? 위쪽에 비타젠을 심어 두었잖아."

"그렇긴 한데 혹시 모르잖아요. 오늘 보니까 본 종류의 언데드가 많이 출몰하는 것 같은데, 만약 이곳에 무슨 일이 벌어지면 우리가 텔레포트를 할 때 문제가 생길 수도 있어요."

생각해 보니 맞는 말이다. 그래서 가온도 처음에는 이곳에 몇 명을 남겨 두려고 했었다.

"혼자서 할 수는 있고?"

"도와주면 저야 좋지요, 시간도 절약되고."

가온은 곧바로 그녀에게 마론과 바로를 붙여 주었다. 둘다 순수한 마법사이니 도움이 될 것이라고 생각했는데, 나디아는 가온이 물러나자 입술을 삐죽였지만 두 사람과 함께 열심히 마법진을 새겼다.

자신의 방으로 들어온 가온은 함께 쓰는 대원들이 보이지 않자 아까 들렸던 안내음의 내용을 확인했다.

'호오! 레벨이 2나 올랐네.'

스켈레톤 정도로는 이제 레벨업을 기대하기 힘들었지만 본 나이트는 꽤 많은 경험치를 주었고, 여섯 배가 적용되는 던전이라서 그런지 2레벨이나 오른 것이다.

칭호도 쓸 만한 것이 나왔다. '언데드 학살자' 칭호는 앞으로 무수히 상대해야 할 언데드를 상대로 전력을 2할 높여 주었고, 기대했던 명예 포인트도 무려 2,400이나 받아서 만족스러웠다.

신을 거역하는 언데드를 학살해서 그런지 신성력이 21이나 올라갔다.

'수확이 쏠쏠하네.'

대단한 마수나 몬스터가 아니라서 획득한 명예 포인트는 얼마 되지 않았지만 그래도 모이면 이번처럼 쓸 만한 마도구나 아이템을 구매할 수 있으니 열심히 사냥을 해야 할 것 같았다.

그렇게 수확을 확인한 가온은 음양신공과 청류서킷을 운공해서 소모한 에너지를 채웠다.

운공을 마치고 방을 나간 가온은 헤븐힐 일행이 따로 모여 있는 것을 보고 그쪽으로 향했다.

"레벨업은 많이 했어?"

"후후후. 대박이에요. 4레벨이나 올랐어요."

"레벨이 문제가 아니에요. 명예 포인트가 116이나 얻었거든요."

"저도 비슷하게 얻었어요. 조금만 더 모으면 다른 공격과 관련된 신성 계열의 매직북을 구입할 수 있을 것 같아요."

바로는 아직 레벨업에 많이 신경을 쓰고 있었지만 헤븐힐과 매디는 이제 그쪽보다는 명예 포인트만 있으면 아무런 제한 없이 무엇이든 구입할 수 있는 갓상점 쪽에 더 관심을 기울이는 것 같았다.

잘만 하면 셋은 이 던전을 클리어할 때 무렵이면 초랭커들을 따라잡을 수도 있을 것 같았다. 특히 헤븐힐과 매디는 언데드를 상대로 하는 사냥에서 공헌도가 꽤 높은 편이었다.

세 사람을 격려한 후 밖으로 나가서 대원들을 일일이 확인을 해 보니 포션과 휴식 덕분에 몸 상태도 완전히 회복되었고 무엇보다 사기가 높아서 자신도 기분이 좋아졌다.

가온은 마지막으로 차를 마시며 뭔가 담소를 나누고 있는 나크 훈과 가제타를 찾았다.

"고문님들, 고생하셨습니다."

"고생은 무슨, 우리야 잠깐 거든 것밖에 없는걸."

"조금 더 강한 언데드가 나올 줄 알았는데, 사실 좀 실망했네."

가온은 가제타의 말에 빙그레 웃었다.

"이제 시작입니다. 아마 리치가 있는 곳과 가까워지면 보다 강력한 놈들이 나올 겁니다."

일단 물리적인 육체가 없는 스펙터 정도만 되어도 검광 정도로는 쉽게 해치울 수 없었다. 가제타는 그때 큰 힘이 될 것이다.

"저는 리치를 따르는 흑마법사들이나 네크로맨서들이 꽤

많을 거라고 확신합니다."

패밀리어 마법이 펼쳐진 것을 확인했으니 확실할 것이다.

"나 역시 그럴 거라고 기대는 하고 있네. 입이 심심한데 뭐 좀 없나?"

"뭘 말입니까?"

"포도주라거나 맥주 같은 거 말일세. 라비테르온 백작이 말하길 아주 귀한 녀석들을 가지고 있다고 하던데."

이런! 가제타가 왜 군이 온 클랜과 동행을 하려고 했나 했더니 따로 목적이 있었다.

가온은 그의 기대 어린 시선에 피식 웃으며 아공간에서 맥주 한 통을 꺼냈다.

"안 그래도 성공적인 첫 사냥을 기념해서 한 잔씩 돌리려고 했습니다."

"허허허. 그럴 줄 알았지. 루시아산이라고 들었는데 그렇게 맛이 기가 막히다며?"

"맛도 맛이지만 미세하게 마나를 증진시켜 주는 효과가 있습니다."

"오오! 그럼 더더욱 마셔야지."

가온은 맥주통들과 함께 루시아 사람들이 훈제해서 만든 육포와 과일까지 꺼낸 후 사람들을 불러 모았다.

"술이다!"

애주가인 타람과 퍼슨 그리고 스톤이 환하게 웃으며 달려와서 마개를 따고 인원수대로 꺼내 놓은 주석잔에 맥주를 가득 채웠다.

한자리에 둘러앉은 온 클랜원들은 맥주를 마시며 서로 이런저런 대화를 나누는 즐거운 시간을 가졌다.

원래라면 하루는 꼬박 걸려야 하는 일을 단 2시간 정도 만에 끝냈으니 급한 건 없었다. 어쨌거나 모두 고생한 만큼 즐길 자격은 충분했다.

술고래가 둘이나 되고 가온의 윗사람이었기 때문에 술자리는 여느 때와 달리 오래 지속되었다. 가제타와 나크 훈은 루시아산 포도주와 맥주가 생각했던 것보다 훨씬 맛과 풍미가 뛰어나자 연신 '더 꺼내!'를 외쳤기 때문이다.

덕분에 나중에는 다들 술에 취해서 평소에 하지 못했던 얘기들을 털어놓으며 진솔한 대화를 했다. 특히 나중에 합류한 혼혈 엘프와 혼혈 드워프 전사들이 기존 대원들과 제대로 된 교감을 나누는 시간이 되었다.

하지만 술이 더 들어가자 다들 흥에 겨워 노래를 하거나 춤을 추는 등 난리도 아니었다. 의외로 마론이 연주에도 재주가 있어서 가지고 다니는 류트라는 현악기로 연주를 했는데 그게 사람들의 흥을 제대로 올려 주었다.

그런 시간이 얼마나 재미가 있었는지 헤븐힐 일행은 나가기 싫은 티를 팍팍 내면서 로그아웃을 할 정도였다.

그렇게 즐거웠던 술자리는 몇 시간이나 이어졌고 다들 술이 떡이 될 때가 되어서야 끝이 났다.

가온은 굳이 방 하나를 온전히 쓸 생각이 없었지만 대원들의 입장은 달랐는지 그에게 작은 방 하나를 양보했다.

'굳이 이러지 않아도 되는데.'

그래도 챙겨 주는 게 기분 나쁘지는 않았다.

여느 때처럼 카오스에게 몸을 씻겨 달라고 부탁을 하자 그녀는 물의 진동을 이용해서 순식간에 그를 말끔하게 씻겨 준 것은 물론 방어구까지 깨끗하게 세척해서 말려 주었다.

'술을 좀 더 마셨어야 했나?'

술을 어지간히 즐기는 가제타와 나크 훈 때문에 대원들이 모두 크게 취한 상태라서 자신이라도 정신을 차리고 있어야 할 것 같아서 조절을 했더니 애매하게 취해 버렸다.

'헤븐힐도 그렇고 세르나의 행동도 선을 넘는 것 같은데, 어떻게 해야 하나?'

술을 마셔서 그런지 두 여자는 서로를 맹렬하게 의식하면서 그의 옆에 딱 달라붙어서 누가 봐도 알아볼 정도로 그에게 강하게 구애를 했다.

둘만 그런 건 아니었다. 나중에 술에 취해서 손을 잡고 춤을 추기 시작했을 때 나디아가 두 여자보다 한발 빨리 움직여서 춤을 신청했는데, 정말 취한 건지 그런 척을 하는지는 알 수 없지만 아예 그의 품에 안겨서 흐느적거리는 일도 있었다.

나디아를 아예 안아서 들다시피 하고 춤을 춘 가온이 그 감흥을 제대로 즐길 시간도 없이 세르나와 헤븐힐이 그에게 춤을 신청했다.

춤이라고 해야 따로 배운 적은 없지만 손을 잡고 마론의 연주에 맞추어서 스텝을 밟는 것 정도는 할 수 있었다.

물론 파트너들 역시 춤을 제대로 배운 것이 아니었고 술에 취한 상태라서 그런지 곧 그의 품에 안겨 힘을 풀었기 때문에 마치 블루스를 추는 것처럼 춤을 추게 되었다.

가온은 세 여자의 적극적인 태도에 곤란해했지만 거부를 했다가는 그녀들이 민망해할까 봐 어쩔 수 없이 받아들였다.

그렇게 춤을 추면서 가온은 세 사람이 고유의 미모와 매력을 가지고 있다는 것은 확실하게 확인했다.

하지만 한 사람에게만 마음이 가는 것은 아니어서 더욱 골치가 아팠다. 묘하게 셋 다 그의 가슴을 뛰게 만들었기 때문이다.

무엇보다 세 여자가 서로를 강하게 의식하고 도발적으로 행동했기 때문에 술을 마셨음에도 제대로 취할 수가 없었다. 세 사람에게 강하게 끌렸던 만큼 마음이 복잡했다.

'셋 다 각자만의 매력이 있어서 선택하기가 정말 힘드네.'

오는 여자를 거부하지 않는다는 수컷의 본능 때문만은 아니었다. 정말로 세 사람은 뚜렷하게 대별되는 독특한 미모와 매력을 가지고 있는데, 도저히 한 사람만 선택할 수 없을 정도로 우열을 가를 수 없었던 것이다.

'내가 이렇게 우유부단했었나?'

그런 건 절대로 아니다. 선택 장애는 좀 있었지만 그건 평범한 수준이었다.

가온은 노골적으로 호감을 표시하는 세 여자를 생각하자 너무 골치가 아팠기에 생각을 돌릴 겸 갓상점에 접속했다. 이참에 네크로맨서라는 직업과 관계된 스킬을 찾아보려는 것이다.

스킬 리스트를 훑어보던 가온의 눈이 어느 한 지점에서 멈추었다.

'이거다!'

하급 사령술 총서

등급 : 희귀
상세 : 사령술사를 위한 하급 사령술들이 수록된 매직북으로 읽는 것만으로 단숨에 사령술사가 될 수 있다.

설명을 보니 단순히 하급에 해당하는 사령술을 총망라하

고 있는 책이 아니라 자신과 같은 플레이어들을 위해 만든 듯 읽는 것만으로 많은 사령술을 단숨에 익힐 수 있는 매직 북이어서 마음에 쏙 들었다.

그런데 잠시 후 가온의 눈에 실망감이 가득했다.

'10만 포인트라니 너무한 거 아니야!'

아니다. 이 정도라면 10만 포인트가 비싼 것도 아니었다. 일단 모두 익히면 하급이기는 하지만 사령술사가 될 수 있으니 말이다.

'에휴!'

오늘 언데드들을 상대하면서 흑마법진 하나를 소멸시킨 공적으로 얻은 명예 포인트가 2,400에 불과하다. 그러니 언제 10만 포인트를 쌓는단 말인가.

'그래도 티끌 모아 태산이라고 했으니 일단 벌 수 있을 때 벌자.'

그나마 자신은 사냥을 통해서 명예 포인트를 획득할 수 있으니 남들보다 포인트를 쉽게 획득할 수 있으니 절망할 필요는 없었다.

'앞으로는 대원들을 의식하지 말고 닥치는 대로 사냥을 해야 할까?'

대원들의 실전 경험을 키우고 특히 플레이어 대원들의 레벨업을 위해서 잔챙이들은 굳이 처리하지 않았는데 앞으로는 자신도 욕심을 좀 부려야 하는 건 아닌지 고민이 되었다.

그런 생각을 하던 가온은 문득 떠오른 생각에 자리에서 일어났다.

'잠시 나갔다 와야겠다.'

생각해 보니 짬이 날 때 처리해야 할 일이 있었다.

비트의 안전은 걱정할 필요는 없었다. 죽음의 기운이 미치지 않을 정도로 깊은 지하에 마련했고 뭔가 위험한 존재가 접근하면 경보가 울리게 나디아가 마법진을 새겨 두었다.

조용히 비트를 빠져나온 가온은 투명날개를 장착한 후 위로 날아올랐다.

'늦은 오후라서 그런지 죽음의 기운이 강해지는 것 같네.'

죽음의 기운을 포함한 음차원의 에너지는 해가 지면 강해지는데, 던전에도 해당이 되는 것 같았다.

하지만 언데드와 드잡이를 할 생각은 없기 때문에 은신 스킬까지 써서 몸을 감춘 후 고원을 벗어났다.

그가 도착한 곳은 비타젠이라고 부르기로 한 신기한 나무들이 숲을 이루고 있는 산맥의 왼편이었다.

과연 비타젠 숲에서는 더 이상 죽음의 기운을 느낄 수가 없었다. 다만 비타젠 나무들도 이미 죽음의 기운이 잠식한 곳으로는 확장을 하지 못하는 것 같았다.

'다들 나와!'

가온은 앙헬과 정령들을 모두 불러냈다.

앙헬과 정령들은 가온의 주먹 크기인 전형적인 요정의 모습으로 현신했는데, 가온은 그녀들에게 비타젠 과일을 따 와 달라고 부탁했다.

'익히는 건 모둔이 할 수 있으니까 충분히 큰 과실만 골라서 따 줘.'

─호호호. 재미있겠다!

─우리 누가 더 많이 따는지 시합을 할까?

─그럼 상품은?

─그거야 온 님이 마련하겠지.

─좋아! 그럼 내가 1등을 할 거야.

진화를 한 앙헬과 정령들은 이제 저희들끼리도 잘 노는 모양이다.

'하하하. 알았어. 시간은 1시간으로 한정할게. 그리고 좋은 상품을 걸 테니 모두 열심히 해 봐.'

─좋아! 자, 이제 시작!

카오스의 말이 떨어지자 승부욕에 작은 주먹을 불끈 쥐거나 결연한 얼굴을 한 앙헬과 정령들이 사방으로 날아갔다.

할 일을 앙헬과 정령들에게 맡긴 가온이지만 한곳에 앉아서 쉴 생각은 없었기에 혹시 비타젠 숲에 또 다른 특별한 것은 없는지 확인하기 위해서 숲으로 들어갔다.

'확실히 숲에 생동감이 넘치네.'

비타젠 나무의 가지는 굉장히 무성했고 잎도 많았지만 나무들은 상당한 간격을 두고 자라고 있었다.

그래서인지 바닥이나 비타젠 나무 사이에는 다른 나무들을 포함해서 다양한 식물이 공존하고 있었다. 물론 쥐나 벌레 등을 비롯한 작은 동물들도 굉장히 많았다.

아마 비타젠 나무가 품고 있는 생기 덕분일 것 같은데 나무가 방출하는 향이 머리를 맑게 해 주었기 때문에 기분까지 좋았다.

그렇게 산맥 바깥쪽을 향해 비타젠 숲을 걷던 가온은 문득 이상한 기척을 감지했다.

'뭐지?'

거대한 몸집을 가진 무언가가 움직이고 있었는데 땅이 아니라 나무 위로 이동하고 있었다.

바로 투명날개와 은신을 이용해서 하늘로 날아오른 가온이 기척이 느껴진 곳으로 이동했다.

'저게 바로 마핀이라는 거대 유인원인 모양인데, 후와와는 확실히 다르네.'

지구의 전설에 등장하는 예티와 비슷한 유인원을 본 가온의 첫 감상이다.

'토벌군은 저 유인원을 마핀이라고 부른다지.'

나무껍질과 비슷한 색깔의 긴 털이 얼굴을 제외한 전신에 밀생해 있고, 키는 대략 4미터가 넘었으며 길고 날카로운 손톱을 가진 마핀은 인간과 유사한 이목구비를 가지고 있는 것으로 보아 유인원은 확실했다.

저렇게 육중해 보이는 몸집으로 지상에서 20미터 이상에 있는 가는 나뭇가지를 잡고 날듯이 이동하는 모습은 아주 인상적이었다.

마핀은 대략 10미터 정도의 간격을 두고 자라는 비타젠의 높은 나뭇가지를 통해 이동을 하고 있었는데, 그 육중한 몸으로 높은 지점의 가는 나뭇가지의 탄력을 이용하는 움직임이 아주 자연스러웠다.

라비테르온 백작이 말한 바에 따르면 마핀은 2왕자군이 숲에 진입했을 때는 도망을 쳤을 뿐 별다른 움직임이 없었지만, 우연히 한 기사가 사냥을 한 후로는 인간들을 공격하기 시작했다고 한다.

나무 위에 숨어 있다가 저 육중한 몸으로 뛰어내려 몸으로 짓누르는 공격에 갑옷을 입은 토벌군들도 혼비백산했다고 한다.

거기에 길고 날카로운 손톱은 오러를 두르고 있어서 검기로도 쉽게 잘라 낼 수가 없어 토벌군은 많이 피해를 입었다고 한다.

'검기 실력자 정도가 아니면 상대하기 힘들겠어.'

한눈에 봐도 300킬로그램은 넘을 것 같은 마핀이 20미터 이상의 높이에서 뛰어내리며 덮치면 미리 감지하지 못한 사람의 경우 그 충격에 즉사할 수도 있었다. 즉사는 피했다고 해도 뼈나 근육이 큰 충격을 받는 것은 당연해서 놈의 손톱 공격에 즉각 대응하기 힘들 것 같았다.

물론 2왕자군에도 검기 실력자들은 많았지만 마핀은 그런 강자들을 알아보는 눈이 있었고 설령 검기를 사용해서 대응을 한다고 해도 저 긴 털의 방호력이 대단해서 단번에 죽일 수가 없었다고 했다.

게다가 마핀이 위험한 것은 큰 몸집이나 몸무게에도 불구하고 몸이 가볍고 특히 도약력이 대단해서 공격에 실패하면 바로 점프를 해서 5미터 높이까지 뛰어올라 나무 위로 빠르게 올라간다는 사실이다.

'가만! 설마 저놈들도 변종이 아닐까?'

만약 후와처럼 변종이라면 한 단계 위의 등급이 적용된다.

가온은 일단 한 마리를 사냥해서 어느 등급에 해당하는지 알아보기로 했다.

마핀 사냥은 전혀 어렵지 않았다. 아예 비타젠 나무의 꼭대기 바로 위쪽을 날면서 10여 미터 아래쪽에 앉아서 뭔가 먹고 있는 마핀을 향해 마나탄을 발사해서 머리통에 구멍을 뚫으면 되니 말이다.

그런데 생각보다 마핀의 방호력이 높았다. 마나 100이 주입된 마나탄이 두개골을 직격했음에도 즉사하지 않고 추락하는 데 그쳤다.

물론 자의가 아니라 머리에 강한 충격을 받은 상태에서 추락한 마핀은 바로 정신을 차리지 못해서 추가 공격으로 침착하게 마무리를 할 수 있었지만, 두개골도 단단하고 긴 머리털의 방호력도 대단한 것 같았다.

마핀의 사체를 갓상점의 매대에 올리자 자동으로 놈에 대한 상점의 기준을 알 수 있었다.

'호오! 트롤과 같은 등급이라니.'

무려 5등급이다. 만약 변종이라면 본래는 6등급이라는 얘기이고 전투력은 오크 족장이나 블랙 레오파드에 해당한다.

5등급이라면 명예 포인트가 무려 135나 된다.

"후후후!"

기분이 너무 좋다 보니 자신도 모르게 웃음이 새어 나왔다.

'그래도 마정석의 등급은 확인해야지.'

일단 파워 드레인으로 놈의 사체에서 마나를 흡수한 후 마정석을 적출했다.

마핀의 마정석은 다른 대부분의 마수처럼 심장에 박혀 있었는데, 등급은 중상급이지만 다른 성질의 마나를 품고 있었다.

'생기?'

놀랍게도 마핀의 마정석은 비타젠 나무의 열매보다 훨씬 높은 생기를 머금고 있었다.

아직 생기를 어떻게 활용해야 하는지는 잘 모르겠지만 본능적으로 이 마정석의 가치를 알아본 가온은 욕심이 났다.

혹시 몰라서 다시 갓상점에 접속해서 마정석을 적출한 마핀의 사체를 다시 매대에 올리자 등급이 두 단계나 내려간다.

'너무 짜네!'

7등급은 명예 포인트가 9밖에 안 된다. 마정석 하나의 가치가 명예 포인트로 무려 126이나 되는 것이다.

중상급 마정석의 시세는 대략 120골드지만 생기를 품고 있는 마정석은 들어 본 적이 없으니 명예 포인트와 비교하면 그 가치를 지금으로서는 알 수가 없었다.

'개체 수가 얼마나 될까?'

그것부터 확인을 해 봐야 할 것 같았다.

하늘로 다시 날아오른 가온은 정령들과 약속한 1시간이 될 때까지 숲을 저공비행하면서 마핀의 분포를 확인했다.

'비타젠 수림의 크기를 생각하면 개체수가 엄청나겠군.'

독립생활을 하는 놈들도 있었고 무리를 이룬 놈들도 있었지만, 대략 1만 평방미터에 30마리 정도는 되는 것 같았다. 대신 비타젠 수림지대가 워낙 광활하기 때문에 전체 숫자를 생각하면 어마어마했다.

가온은 일단 마핀을 사냥하는 족족 아공간에 집어넣었다. 마핀이 아니더라도 명예 포인트를 얻을 수는 있으니 바로 처리할 필요는 없었다.

'마핀을 더 사냥하고 싶지만 나중에!'

마핀에 강한 흥미가 일었지만 지금은 받은 의뢰에 집중해야만 했다.

다음 권으로 이어집니다

꿈의 도약, 로크에서 하십시오
(주)로크미디어에서 신인 작가를 모십니다

즐거운 세상, (주)로크미디어는 꿈을 사랑하고 도전을 두려워하지 않는 작가분들의 참신한 작품을 기다리고 있습니다. 21세기 장르 문학계를 이끌어 갈 차세대 선두 주자 (주)로크미디어에서 여러분의 나래를 활짝 펴 보시길 바랍니다.

모집 분야 판타지와 무협을 포함한 장르 문학
모집 대상 아마추어 작가, 인터넷 작가
모집 기한 수시 모집

작품 접수 시 유의 사항

1. 파일명은 작가명_작품명.hwp 형식을 갖춰 주십시오.
1. 파일에 들어갈 내용은 다음과 같습니다.
   ― 성명(필명인 경우 실명을 밝혀 주세요), 연락처, 이메일 주소.
   ― 제목, 기획 의도.
   ― A4용지 1장 분량의 등장인물 소개.
   ― A4용지 2장 분량의 전체 줄거리.
   ― 본문.
1. 작품이 인터넷에 연재되고 있다면, 게시판명과 사이트의 구체적이고 정확한 주소를 기재해 주십시오.

선택된 작품은 정식 계약 후 출판물로 간행되어 전국 서점에 유통됩니다.
작가분은 (주)로크미디어의 전폭적인 지원하에 전속 작가로 활동하시게 됩니다.
※ 자세한 내용은 로크미디어 홈페이지(rokmedia.com)를 참조하세요.

(03920)서울시 마포구 성암로 330 DMC첨단산업센터 3층 318호
(주)로크미디어 편집부 신간 기획 담당자 앞
전화: 02)3273-5135
www.rokmedia.com   이메일 : rokmedia@empas.com